U0079385

菜英文

Easy English

生活基礎篇

張瑜凌 著

國家圖書館出版品預行編目資料

菜英文-生活基礎篇 / 張瑜凌著
-- 三版. -- 新北市 : 雅典文化, 民112.01
面 ; 公分. -- (全民學英文 ; 65)
ISBN 978-626-96423-8-0(平裝)

1.英語 2.會話

805.188 111017403

全民學英文系列 65

菜英文-生活基礎篇

著／張瑜凌
責任編輯／張瑜凌
美術編輯／鄭孝儀
封面設計／林鈺恆

法律顧問：方圓法律事務所／涂成樞律師

總經銷：永續圖書有限公司
永續圖書線上購物網
www.foreverbooks.com.tw

出版日／2023年01月

雅典文化

出版社
22103 新北市汐止區大同路三段194號9樓之1
TEL (02) 8647-3663
FAX (02) 8647-3660

前言

只要 7 天，你就可以開口說英文

你曾經逃避說英文嗎？在必須說英文的場合中，不要再當個說不出話的沉默者，哪怕只是說一句"I see!"都可以化解必須說英文的尷尬。

學習第二外語不是只有一種方法！「會說英文」除了正規的學校學習：利用字母、單字、音標這種循序漸進的學習法之外，您也可以有另外的學習方式！

如果下個禮拜就要能利用簡單的英文對話，該怎麼辦呢？

如果沒有太多時間可以重新打好學習英文的基礎，有沒有更快的方法可以在短時間內就開口說英文？

本書「菜英文—生活基礎篇」可以解決您的疑慮！只要您看得懂中文，就可以開口說英文！

本書利用中文式發音的英文學習法，提供您盡快進入掌控英文的學習領域，保證讓您在最短的時間內，就可以有勇氣開口說英文。

「菜英文—生活基礎篇」規劃 7 個常用的生活英文主題，讓您一次就能學會最道地、最常見的英文例句。每天學習一個單元，頂多花你20分鐘的時間，就可以在 7 天之內，學習本書的全部內容。不論是在國內生活或是國外旅遊，本書都能幫助您輕鬆面對英文的情境。

本書完全顛覆語言學習的方式！！您可以利用本書所附音檔QR code隨掃隨聽，每天隨外師導讀大聲練習，只要7天，一天一個單元的練習，就可以讓「開口說英文」變得很簡單了！

Chapter 1 打招呼用語

Chapter 2 辦公室用語

Chapter 3 電話用語

Chapter 4 購物用語

Chapter 5 人際關係用語

Chapter 6 客套話用語

Chapter 7 交通用語

Chapter

1 打招呼用語

track 01

Unit 1 打招呼

嗨，琳達。

Hi, Linda.

嗨　　琳達

DIALOG 會話練習

A：嗨，琳達。
Hi, Linda.
嗨　琳達

B：嗨，彼得。你要去哪裡？
Hi, Peter. Where are you off to?
嗨　彼得　灰耳　阿　優　歐夫　兔

A：我要去接我女兒。
I'm going to pick up my daughter.
愛門　勾引　兔　批課　阿鋪　買　都得耳

B：是喔！艾咪好嗎？
I see. How is Amy?
愛吸　好　意思　艾咪

A：她很好。謝謝。你呢？
She's great. Thank you. And you?
需一斯　鬼雷特　山揪兒　安揪兒

track 01

B：不錯。我的公車來了。
Not bad. Here comes my bus.
那　貝特 ㄏ一爾　康斯　　買 巴士

A：好的。再見囉！
OK. See you.
OK　　吸　　優

PRACTICE 相關用語

好久了！
➪ It's been so long.
依次　兵　蒐　龍

真的是好長一段時間了！
➪ It's been such a long time.
依次　兵　薩區 ㄜ 龍　 太ㄇ

這陣子你都在忙什麼？
➪ What have you been doing?
華特　黑夫　優　　兵　督引

這陣子你好嗎？
➪ How have you been doing?
好　　黑夫　優　　兵　督引

你人都在哪兒了？
➪ Where have you been?
灰耳　黑夫　優　　兵

你最近都在哪裡鬼混？

➪ Where have you been fooling around?

灰耳　黑夫　優　兵　福耳引　婀壯

近來有什麼消息嗎？

➪ What's new?

華資　紐

好久不見了！

➪ I haven't seen you for a long time.

愛 黑悶　西恩　優　佛 ㄜ 龍　太ㄇ

好久不見。

➪ Long time no see.

龍　太ㄇ 弄　吸

很高興看到你！

➪ Good to see you.

估的 兔 吸　優

很高興又看到你！

➪ Good to see you again.

估的　兔 吸　優　愛乾

我也很高興認識你。

➪ Nice to meet you too.

耐斯 兔　密　揪　兔

track 01

很高興再次見到你。
Nice to meet you again.
耐斯 兔 密 揪 愛乾

track 02

Unit 2 問候

你好嗎？
How do you do?
好 賭 優 賭

DIALOG 會話練習

早安，傑克。
A：Good morning, Jack.
估摸寧 傑克

早安，布朗先生。
B：Good morning, Mr. Brown.
估摸寧 密斯特 布朗

請叫我艾瑞克。
A：Please call me Eric.
普利斯 摳 密 艾瑞克

track 02

B：	你好嗎，艾瑞克？ How do you do, Eric? 好　賭　優　賭　艾瑞克
A：	我很好，那你呢？ I'm fine, and yourself? 愛門 凡　安　幼兒塞兒夫
B：	不太好。 Not so good. 那　蒐　估的
A：	發生什麼事了？ What happened? 華特　黑噴的
B：	我和蘇珊分手了。 I broke up with Susan. 愛不羅客 阿鋪 位斯 蘇森

PRACTICE 相關用語

哈囉！
➪ Hello.
哈囉

嗨，你好。
➪ Hi, there.
嗨　淚兒

track 02

嘿！
➩ Hey.
嘿

哈囉，各位。
➩ Hello, guys.
哈囉　蓋斯

早安！
➩ Good morning.
估摸寧

午安！
➩ Good afternoon.
估　世副特怒

晚安！
➩ Good evening.
估　依附寧

哈囉！各位。
➩ Hello, everyone.
哈囉　哀複瑞萬

哈囉，各位女士、各位先生。
➩ Hello, ladies and gentlemen.
哈囉　類蒂斯　安　尖頭慢

哈囉，史密斯先生。
Hello, Mr. Smith.
哈囉 密斯特 史密斯

你好嗎？
How are you?
好 阿 優

你好嗎？
How are you doing?
好 阿 優 督引

一切都好嗎？
How is everything?
好 意思 哀複瑞性

你今天好嗎？
How are you today?
好 阿 優 特得

你這個星期過得如何？
How was your week?
好 瓦雌 幼兒 屋一克

你的父親好嗎？
How is your father?
好 意思 幼兒 發得兒

track 02

你的家人好嗎？

➪ How is your family?

好 意思 幼兒 非摸寧

你的工作進展得如何？

➪ How is your work?

好 意思 幼兒 臥克

請代我向西恩問好。

➪ Please say hello to Sean for me.

普利斯 塞 哈囉 兔 西恩 佛 密

track 03

Unit 3 回應問候

我過得還可以。

I'm doing fine.

愛門 督引 凡

DIALOG 會話練習

大衛？

A：David?

大衛

track 03

B：	嗨，傑克。 Hi, Jack. 嗨　傑克
A：	你好嗎，伙伴？ How are you doing, pal? 好　阿　優　督引　配合
B：	我過得還可以，謝謝你。 I'm doing fine. Thank you. 愛門 督引　凡　山揪兒
A：	琳達好嗎？ How about Linda? 好　世保特　琳達
B：	她也很好。 She is good, too. 需 意思 估的　兔
A：	真高興見到你。 Good to see you. 估的 兔 吸　優
B：	是啊，我也是。 Yeah, me too. 訝　密　兔

track 03

PRACTICE 相關用語

我很好。
➪ I'm fine.
愛門 凡

我過得不錯。
➪ I'm doing great.
愛門 督引 鬼雷特

我還過得去。
➪ I'm OK.
愛門 OK

我蠻好的。
➪ I'm pretty good.
愛門 撲一替 估的

很順利。
➪ It's going pretty well.
依次 勾引 撲一替 威爾

我累壞了！
➪ I'm exhausted.
愛門 一個肉死踢的

我現在很忙。
➪ I'm busy now.
愛門 逼日 惱

track 03

沒什麼特別好說的。

➪ Nothing special.

那性　斯背秀

沒有那麼好！

➪ Not so good.

那　蒐　估的

不會太差！

➪ Not too bad.

那　兔　貝特

目前為止都還好！

➪ So far so good.

蒐　罰 蒐　估的

糟透了！

➪ It's terrible.

依次　太蘿蔔

馬馬虎虎啦！

➪ So so.

蒐　蒐

還是老樣子！

➪ Still the same.

斯提歐　勒　桑姆

track 03

和平常一樣。

➪ Same as always.

桑姆 ㄟ斯 歐維斯

每一個人都很好。

➪ Everyone is fine.

哀複瑞萬 意思 凡

我很高興又見到你。

➪ I'm pleased to see you again.

愛門 普利斯特 兔 吸 優 愛乾

我很高興見到你。

➪ I'm so happy to see you.

愛門 蒐 黑皮 兔 吸 優

4 介紹認識

你叫什麼名字？

What's your name?

華資　　幼兒　　捏嗯

DIALOG 會話練習

A：很棒的電影，是吧？
What a great movie, isn't it?
華特 さ 鬼雷特　母米　一任　一特

B：是啊，的確是。
Yeah, it is.
訝　一特　意思

A：我是彼得。貴姓大名？
I'm Peter. What's your name?
愛門 彼得　　華資　幼兒　捏嗯

B：嗨，彼得。我是琳達。
Hi, Peter. I'm Linda.
嗨　彼得　愛門　琳達

A：嗨，琳達。很高興認識你。
Hi, Linda. Nice to meet you.
嗨　琳達　耐斯 兔　密　揪

track 04

B：我也是。
Me too.
密 兔

PRACTICE 相關用語

請問你的大名？
➪ May I have your name?
美 愛 黑夫 幼兒 捏嗯

您是？
➪ You are?
優 阿

請問大名？
➪ Your name, please?
幼兒 捏嗯 普利斯

你貴姓？
➪ What's your last name?
華資 幼兒 賴斯特 捏嗯

你的名字要怎麼拼？
➪ How do you spell your name?
好 賭 優 司背爾 幼兒 捏嗯

你的名字要怎麼發音？
➪ How should I pronounce your name?
好 秀得 愛 婆那斯 幼兒 捏嗯

track 04

你說你叫什麼名字？

➪ What's your name again?

華資　幼兒　捏嗯　愛乾

讓我自我介紹。

➪ Let me introduce myself.

勒　密　因雀兒丟斯　買塞兒夫

我是彼得。

➪ I'm Peter.

愛門　彼得

我的名字是彼得。

➪ My name is Peter.

買　捏嗯　意思　彼得

請叫我彼得就好。

➪ Please call me Peter.

普利斯　摳　密　彼得

我希望你見見我的家人。

➪ I'd like you to meet my family.

愛屋　賴克　優　兔　密　買　非摸寧

讓我介紹我的父母給你認識。

➪ Let me introduce my parents to you.

勒　密　因雀兒丟斯　買　配潤斯　兔　優

track 04

來見見我的太太琳達。

➪ Come to see my wife Linda.

康 兔 吸 買 愛夫 琳達

這是我的太太琳達。

➪ This is my wife Linda.

利斯 意思 買 愛夫 琳達

這是琳達，這是崔西。

➪ This is Linda, and this is Tracy.

利斯 意思 琳達 安 利斯 意思 崔西

這是琳達，是我最要好的朋友。

➪ This is Linda, my best friend.

利斯 意思 琳達 買 貝斯特 富懶得

我們以前是室友。

➪ We were roommates.

屋依 我兒 入門 妹

我們以前是中學的同學。

➪ We went to the same high school.

屋依 問特 兔 勒 桑姆 嗨 斯庫兒

你怎麼認識琳達的？

➪ How do you meet Linda?

好 賭 優 密 琳達

track 05

Unit 5 碰到熟人

嘿，你看起來很面熟耶！

Hey, you look familiar.

嘿　優　路克　佛咪裡兒

DIALOG 會話練習

A：嘿，你看起來很面熟耶！
Hey, you look familiar.
嘿　優 路克 佛咪裡兒

B：我們以前是不是曾見過面？
Have we ever met before?
黑夫　屋依 A 模 妹特　必佛

A：我們應該沒有見過面。
I don't think so.
愛動特 施恩　蒐

B：嗯，總之，我的名字是珍妮。
Well, anyway, my name is Jenny.
威爾　安尼位　買　捏嗯 意思 珍妮

A：我是傑克。
I'm Jack.
愛門 傑克

track 05

傑克，很高興認識你！

B：Good to meet you, Jack.

估的 兔 密 優 傑克

PRACTICE 相關用語

我們以前是不是曾見過面？

➪ Have we ever met before?

黑夫 屋依 A模 妹特 必佛

我們應該沒有見過面。

➪ I don't believe we have met.

愛動特 逼力福 屋依 黑夫 妹特

你們兩人以前見過面嗎？

➪ Have you two ever met before?

黑夫 優 凸 A模 妹特 必佛

我以前沒有見過你嗎？

➪ Haven't I met you before?

黑悶 愛 妹特 優 必佛

你看起來很像是我認識的某人。

➪ You look like someone I know.

優 路克 賴克 桑萬 愛 弄

你是約翰嗎？

➪ Are you John?

阿 優 強

那個帥哥是誰？

➪ Who is this cute guy?

乎 意思 利斯 Q特 蓋

你一定是約翰。

➪ You must be John.

優 妹司特 逼 強

久仰大名！

➪ I've heard so much about you.

愛夫 喝得 蒐 罵區 せ保特 優

我認識你嗎？

➪ Do I know you?

賭 愛 弄 優

你不記得我了嗎？

➪ Don't you remember me?

動特 優 瑞敏波 密

是我，傑克啊！

➪ It's me, Jack.

依次 密 傑克

我是約翰的同學。

➪ I'm John's classmate.

愛門 強斯 克萊斯妹特

track 05

你在 IBM 工作，對吧？

➪ You work for IBM, don't you?

優 臥克 佛 IBM 動特 優

你不是約翰的朋友嗎？

➪ Aren't you a friend of John's?

阿特 優 さ 富懶得 歐夫 強斯

我想我們(以前)是同學。

➪ I think we were in the same class.

愛 施恩克 屋依 我兒 引 勒 桑姆 克萊斯

你不是在 IBM 工作嗎？

➪ Don't you work for IBM?

動特 優 臥克 佛 IBM

你是讀亞利桑那大學的嗎？

➪ Did you go to Arizona State University?

低 優 購 兔 阿瑞容納 絲帶 優呢封色替

我想我上星期在 IBM 的派對上見過你。

➪ I think I met you at IBM's party last week.

愛 施恩克 愛 妹特 優 ㄟ IBM 斯 趴提 賴斯特 屋一克

我想我在校園見過你。

➪ I think I have seen you around campus.

愛 施恩克 愛 黑夫 西恩 優 婀壯 看破斯

track 06

Unit 6 職業

你從事什麼工作？

What do you do?

華特 賭 優 賭

DIALOG 會話練習

A：很高興認識你，彼得。
Nice to meet you, Peter.
耐斯 兔 密 揪 彼得

B：我也很高興認識你。
Nice to meet you too.
耐斯 兔 密 揪 兔

A：你從事什麼工作？
What do you do?
華特 賭 優 賭

B：我是老師。你呢？
I am a teacher. How about you?
愛M ㄜ 踢球兒 好 ㄝ保特 優

A：我是編輯。
I'm an editor.
愛門 恩 ㄟ低特爾

track 06

B：我姊姊也是編輯。
My sister is an editor, too.
買　西斯特 意思 恩 ㄟ低特爾 兔

PRACTICE 相關用語

你到底從事什麼工作？
➪ What do you do exactly?
華特　賭　優　賭　一日特里

你以什麼維生？
➪ What do you do for a living?
華特　賭　優　賭 佛 ㄜ 立冰

如果不介意我問，你從事什麼工作？
➪ What do you do, if I may ask?
華特　賭　優　賭 一幅 愛 美 愛斯克

你的工作是什麼？
➪ What's your job?
華資　幼兒 假伯

你的職業是什麼？
➪ What's your occupation?
華資　幼兒　阿就陪訓

你從事哪一行？
➪ What business are you in?
華特　逼斯泥斯 阿　優　引

track 06

你的職位是什麼？
➩ What's your position?
華資 幼兒 破日訓

你為誰工作？
➩ Whom do you work for?
呼名 賭 優 臥克 佛

你在哪兒工作？
➩ Where do you work?
灰耳 賭 優 臥克

你失業多久了？
➩ How long have you been out of a job?
好 龍 黑夫 優 兵 四特 歐夫 ㄜ 假伯

我失業超過六個月了。
➩ I've been jobless for more than six months.
愛夫 兵 假伯李斯 佛 摩爾 連 撕一撕 忙ㄘ

我是歌手。
➩ I am a singer.
愛M ㄜ 西忍

我在一家電腦公司上班。
➩ I work for a computer company.
愛 臥克 佛 ㄜ 康撲特 康噴泥

track 06

我週六得上班。

➪ I have to work on Saturday.

愛 黑夫 兔 臥克 忘 塞特得

track 07

Unit 7 詢問發生的狀況

發生什麼事？

What's up?

華資 阿鋪

DIALOG 會話練習

A：嘿，兄弟！
Hey, pal.
嘿 配合

B：我的天啊！
My God!
買 咖的

A：你看起來很沮喪喔！
You look upset.
優 路克 阿鋪塞特

B：有這麼明顯嗎？
So obviously?
蒐 阿肥餓色裡

A：怎麼啦？
What's up?
華資 阿鋪

B：我覺得我把事情搞砸了！
I think I failed it.
愛施恩克 愛 飛蛾的 一特

PRACTICE 相關用語

你還好吧？
➪ Are you OK?
阿 優 OK

你看起來很沮喪！
➪ You look upset.
優 路克 阿鋪塞特

有什麼問題嗎？
➪ Something wrong?
桑性 弄

track 07

還好吧？
Is everything OK?
意思 哀複瑞性 OK

發生什麼事了？
What happened?
華特 黑噴的

你發生什麼事了？
What happened to you?
華特 黑噴的 兔 優

發生什麼事了？
What's the matter?
華資 勒 妹特耳

你發生什麼事了？
What's the matter with you?
華資 勒 妹特耳 位斯 優

怎麼啦？
What's wrong?
華資 弄

發生什麼事？
What's happening?
華資 黑噴引

track 07

嘿，怎麼了？

➪ Hey, what's going on?

嘿　華資　勾引　忘

有問題嗎？

➪ Are there any questions?

阿　淚兒　安尼　魁私去斯

track 08

Unit 8 關心

你今天不太對勁耶！

You're not yourself today.

優矮　那　幼兒塞兒夫　特得

DIALOG 會話練習

A：嘿，伙伴！
Hey, man.
嘿　賣せ

B：約翰，你好嗎？
John! How are you doing?
強　好　阿　優　督引

track 08

A：	馬馬虎虎啦！ So so. 蒐 蒐
B：	你還好吧？你今天不太對勁耶！ Are you OK? You're not yourself today. 阿 優 OK 優矮 那 幼兒塞兒夫 特得
A：	蘇珊放我鴿子。 Susan stood me up. 蘇森 史督 密 阿鋪
B：	她真的放你鴿子了？ She did? 需 低

PRACTICE 相關用語

你看起來很沮喪耶！
➪ You look upset.
優 路克 阿鋪塞特

你現在覺得如何？
➪ How do you feel now?
好 賭 優 非兒 惱

你還在難過嗎？
➪ Are you still upset?
阿 優 斯提歐 阿鋪塞特

track 08

你還好吧？

➪ Are you OK?

阿　優　OK

有什麼事困擾你嗎？

➪ Is something bothering you?

意思　桑性　　芭樂因　　優

我真擔心你。

➪ I really worry about you.

愛瑞兒裡　窩瑞　せ保特　優

有問題嗎？

➪ Is anything wrong?

意思　安尼性　　弄

一切都會很順利的。

➪ Everything will be all right.

哀複瑞性　　我　逼　歐　軟特

你會熬過難關的。

➪ You will get through it.

優　我　給特　輸入　一特

你為何不休息一下？

➪ Why don't you take a break?

壞　動特　優　坦克　さ　不來客

深呼吸一口氣。

➪ Take a deep breath.

坦克士 低波 不理詩

喔，別這樣啦！

➪ Oh, come on.

喔 康 忘

別這樣嘛！你並不孤獨啊！

➪ Come on, you're not alone.

康 忘 優矮 那 A弄

你有我們啊！

➪ You have us.

優 黑夫 惡斯

track 09

Unit 9 感謝

謝謝你。

Thank you.

山楸兒

DIALOG 會話練習

A：請問一下！
Excuse me.
ㄟ克斯Q斯 密

B：什麼事？
Yes?
夜司

A：郵局在哪裡？
Where is the post office?
灰耳 意思 勒 婆斯特 歐肥斯

B：就往前直走，一直到街角。
Go straight down this street to the corner.
購 斯蹤特 黨 利斯 斯吹特 兔 勒 摳呢

A：然後呢？
And then?
安 蘭

track 09

B：就在街道的右邊。
It's on the right side of the street.
依次 忘 勒 軟特 塞得 歐夫 勒 斯吹特

A：謝啦！
Thanks.
山克斯

PRACTICE 相關用語

謝啦！
➪ Thanks.
山克斯

多謝！
➪ Thanks a lot.
山克斯 ㄜ 落的

再次謝謝！
➪ Thanks again.
山克斯 愛乾

總之，還是要謝謝你！
➪ Thank you anyway.
山揪兒 安尼位

非常感謝！
➪ Thank you so much.
山揪兒 蒐 罵區

非常感謝。
➪ Thank you very much.
山揪兒　肥瑞　罵區

謝謝你為我所做的一切。
➪ Thank you for everything.
山揪兒　佛　哀複瑞性

你真好！
➪ It's very nice of you.
依次　肥瑞　耐斯　歐夫　優

你真好！
➪ So nice of you.
蒐　耐斯　歐夫　優

我不知道要如何感謝你。
➪ I don't know how to thank you.
愛動特　弄　好　兔　山揪兒

真不知道該如何感謝你。
➪ I can't thank you enough.
愛肯特　山揪兒　A 那夫

我真的很感激！
➪ I really appreciate it!
愛瑞兒裡 A 鋪西ㄟ特　一特

track 09

謝謝你的幫忙。

➪ Thank you for your help.

山揪兒　佛　幼兒 黑耳ㄆ

謝謝你幫我。

➪ Thank you for helping me.

山揪兒　佛　黑耳拼　密

謝謝你邀請我。

➪ Thank you for asking me.

山揪兒　佛 愛斯清　密

謝謝你鼓勵我。

➪ Thank you for cheering me up.

山揪兒　佛　起兒因　密 阿鋪

謝謝你來電。

➪ Thank you for calling.

山揪兒　佛　摳林

謝謝你告訴我。

➪ Thank you for telling me.

山揪兒　佛 太耳因 密

track 10

Unit 10 意願

沒問題！

No problem.

弄　　　撲拉本

DIALOG 會話練習

A：彼得，你現在有在忙嗎？
Are you busy now, Peter?
阿　優　逼日　惱　　彼得

B：一點都不會啊！怎麼啦？
Not at all. Why?
那　ㄟ　歐　　壞

A：你可以幫我一個忙嗎？
Would you do me a favor?
屋揪兒　　賭　密　ㄜ　肥佛

B：沒問題！是什麼事？
No problem. What is it?
弄　　撲拉本　　　華特 意思 一特

A：這個英文要怎麼發音？
How do you pronounce it in English?
好　　賭　　優　　　婆那斯　一特　引　陰溝裡洗

track 10

我看看…是 strategy。
B：Let me see... it's strategy.
勒 密 吸 依次 司吹踢居

PRACTICE 相關用語

是的！／好！
➪ Yes.
夜司

好，麻煩你囉！
➪ Yes, please.
夜司 普利斯

好！
➪ OK.
OK

可以啊！
➪ Sure.
秀

當然！
➪ Of course.
歐夫 寇斯

沒問題！
➪ No sweat.
弄 司為特

就照你的意思！

➪ As you wish.

ㄟ斯 優 胃虛

我願意！

➪ I'd love to.

愛屋 勒夫 兔

繼續。

➪ Keep going.

機鋪 勾引

去做吧！

➪ Go ahead.

購 耳黑的

有何不可！

➪ Why not?

壞 那

不要！

➪ No.

弄

不用，謝謝！

➪ No, thanks.

弄 山克斯

track 10

不，我不要。

➩ No, I won't.

弄 愛 甕

我不這麼認為！

➩ I don't think so.

愛動特 施恩克 蒐

恐怕不行。

➩ I'm afraid not.

愛門 哀福瑞特 那

不可能。

➩ That's impossible.

類茲 因趴色伯

別想！

➩ No way.

弄 位

想都別想！

➩ Don't even think about it.

動特 依悶 施恩克 世保特 一特

當然不好。

➩ Of course not.

歐夫 寇斯 那

track 11

Unit 11 道歉

我非常抱歉！

I'm terribly sorry.

愛門　太蘿蔔利　蒐瑞

DIALOG 會話練習

A：哇！
Wow!
哇

B：喂，小心點！
Hey, watch out.
嘿　襪區　凹特

A：發生什麼事？
What's wrong?
華資　弄

B：你踩到我的腳了！
You stepped on my toes.
優　斯得的　忘　買　透斯

A：我非常抱歉！
I'm terribly sorry.
愛門 太蘿蔔利 蒐瑞

B：沒關係！
Never mind.
耐摩　麥得

PRACTICE 相關用語

抱歉！
➪ Sorry.
蒐瑞

抱歉！
➪ I'm sorry.
愛門 蒐瑞

真的很抱歉。
➪ I'm really sorry.
愛門 瑞兒裡 蒐瑞

對於那件事我很抱歉！
➪ I'm sorry about it.
愛門 蒐瑞 世保特 一特

我很抱歉我對你所做的事。
➪ I'm sorry for what I've done to you.
愛門 蒐瑞 佛 華特 愛夫 檔 兔 優

很抱歉麻煩你。
➪ I'm sorry to bother you.
愛門 蒐瑞 兔 芭樂 優

我對我的失誤道歉。

➩ Sorry for my mistake.

蒐瑞 佛 買 咪斯坦克

請原諒我。

➩ Please forgive me.

普利斯 佛寄 密

你願意原諒我嗎？

➩ Will you forgive me?

我 優 佛寄 密

是我的過失。

➩ It's my fault.

依次 買 佛特

請原諒我。

➩ Please forgive me.

普利斯 佛寄 密

算了！

➩ Forget it.

佛給特 一特

不用放在心上！

➩ Never mind.

耐摩 麥得

這不是你的錯。

➪ It's not your fault.

依次 那 幼兒 佛特

不必道歉。

➪ Don't be sorry.

動特 逼 蒐瑞

不用在意啦！

➪ Don't worry about that.

動特 窩瑞 せ保特 類

沒關係。

➪ It's OK.

依次 OK

你不必道歉。

➪ You don't have to apologize.

優 動特 黑夫 兔 A怕樂宅日

這事從沒有對我造成困擾。

➪ It never bothers me.

一特 耐摩 芭樂斯 密

我會原諒你。

➪ I will forgive you.

愛我 佛寄 優

track 12

Unit 12 時間

幾點？

What time?

華特 太ㄇ

DIALOG 會話練習

A：今晚你有事嗎？
Do you have any plans tonight?
賭 優 黑夫 安尼 不蘭斯 特耐

B：今天晚上？沒事！怎麼啦？
Tonight? Nope. Why?
特耐 弄破 壞

A：我們要去看電影。
We're going to see a movie.
屋阿 勾引 兔 吸 ㄜ 母米

要一起來嗎？
Would you like to come?
屋揪兒 賴克 兔 康

B：我願意！幾點？
I'd love to. What time?
愛屋 勒夫 兔 華特 太ㄇ

track 12

A：五點鐘。
It's five o'clock.
依次 肥福 A 克拉克

B：好。到時候見。
Great. See you then.
鬼雷特 吸 優 蘭

PRACTICE 相關用語

幾點鐘了？
➪ What time is it?
華特 太ㄇ 意思 一特

現在幾點鐘了？
➪ What time is it now?
華特 太ㄇ 意思 一特 惱

現在很晚了。
➪ It's late now.
依次 淚特 惱

時間快到了。
➪ Time is up.
太ㄇ 意思 阿鋪

時候到了！
➪ It's about time.
依次 せ保特 太ㄇ

是該打電話給他的時候了！

➩ It's time to call him.

依次 太ㄇ 兔 摳 恨

有誰知道幾點鐘了嗎？

➩ Does anyone know what time it is?

得斯 安尼萬 弄 華特 太ㄇ 一特 意思

五點鐘可以嗎？

➩ Is five o'clock OK?

意思 肥福 A 克拉克 OK

沒有時間了！

➩ Time is running out!

太ㄇ 意思 日忘印 凹特

快一點。我們遲到了。

➩ Hurry up. We're late.

喝瑞 阿鋪 屋阿 淚特

該走囉！

➩ Time to go.

太ㄇ 兔 購

太晚了！

➩ It's too late.

依次 兔 淚特

track 12

還很早！

➪ It's still early.

依次 斯提歐 兒裡

我今天早上很早起床！

➪ I got up early this morning.

愛咖 阿鋪 兒裡 利斯 摸寧

我每天早上都同一個時間搭火車。

➪ I catch the train at the same time every day.

愛凱區 勒 春安 ㄟ 勒 桑姆 太ㄇ 世肥瑞 得

你幾點下班？

➪ What time do you finish work?

華特 太ㄇ 賭 優 ㄈ尼續 臥克

track 13

Unit 13 請求提供幫助

你能幫我一個忙嗎？

Would you do me a favor?

屋揪兒 賭 密 ㄜ 肥佛

DIALOG 會話練習

現在忙嗎？
A：Are you busy now?
阿 優 逼日 惱

不會啊！
B：Not at all.
那 ㄟ 歐

你能幫我一個忙嗎？
A：Would you do me a favor?
屋揪兒 賭 密 ㄜ 肥佛

好啊！什麼事？
B：Sure. What is it?
秀 華特 意思 一特

請把盒子遞給我。
A：Please pass me the box.
普利斯 怕斯 密 勒 拔撕

好的。
B：Sure.
秀

PRACTICE 相關用語

有什麼需要我效勞的嗎？
➪ May I help you?
美 愛黑耳ㄆ 優

你需要幫忙嗎？
➪ Do you need any help?
賭 優 尼的 安尼 黑耳ㄆ

我能為你作什麼？
➪ What can I do for you?
華特 肯 愛 賭 佛 優

我要怎麼幫助你？
➪ How can I help you?
好 肯 愛 黑耳ㄆ 優

會有幫助的！
➪ It's helpful.
依次 黑耳佛

我可以幫助你。
➪ I can help you.
愛肯 黑耳ㄆ 優

如果需要幫助，告訴我一聲。

➩ If you need help, just let me know.

一幅 優 尼的 黑耳攵 賈斯特 勒 密 弄

救命啊！

➩ Help!

黑耳攵

來人啊！救命啊！

➩ Somebody help.

桑八弟 黑耳攵

請幫助我。

➩ Please help me.

普利斯 黑耳攵 密

請幫助我。

➩ Give me a hand, please.

寄 密士 和的 普利斯

我需要你的幫助。

➩ I need your help.

愛尼的 幼兒 黑耳攵

我需要一些幫助。

➩ I need some help.

愛尼的 桑 黑耳攵

track 13

請幫我一個忙。

➪ Please do me a favor.

普利斯 賭 密 ㄜ 肥佛

你能幫我嗎？

➪ Can you help me?

肯 優 黑耳ㄆ 密

幫我把東西收拾好！

➪ Help me put it away.

黑耳ㄆ 密 鋪 一特 ㄟ為

拜託好嗎？

➪ Please?

普利斯

track 14

Unit 14 好久不見

真的是好久（不見）了！

It's been a long time.

依次　兵　ㄊ　龍　太ㄇ

DIALOG 會話練習

A：琳達，是你嗎？
Linda, is that you?
琳達　意思　類　優

B：彼得！真的是好久（不見）了！
Hi, Peter. It's been a long time.
嗨　彼得　依次　兵　ㄊ　龍　太ㄇ

A：你好嗎？
How have you been?
好　黑夫　優　兵

B：還不錯！你呢？
Just fine. And you?
賈斯特　凡　安揪兒

A：很好。嘿，真是高興見到你。
Great. Gee, it's great to see you.
鬼雷特　基　依次　鬼雷特　兔　吸　優

track 14

PRACTICE 相關用語

嗨，好久不見了！

➪ Hi, long time no see.

嗨　龍　太ㄇ　弄　吸

好久不見了！

➪ I haven't seen you for ages.

愛　黑悶　西恩　優　佛　A居斯

好久不見了！

➪ I haven't seen you for a long time.

愛　黑悶　西恩　優　佛ㄜ　龍　太ㄇ

真的是好久不見了！

➪ It's been so long.

依次　兵　蒐　龍

你人都去哪啦？

➪ Where have you been?

灰耳　黑夫　優　兵

你看起來氣色真好。

➪ You look great.

優　路克　鬼雷特

你一點都沒變。

➪ You haven't changed at all.

優　黑悶　勸居的　ㄟ　歐

track 14

我們上次見面是什麼時候？你記得嗎？

➪ When did we meet last time, you remember?

昏 低 屋依 密 賴斯特 太ㄇ 優 瑞敏波

我很想念你啊！

➪ I miss you so much.

愛密斯 優 蒐 罵區

真巧！

➪ What a coincidence.

華特 ㄜ 摳恩色得斯

真高興又看到你！

➪ Good to see you again.

估的 兔 吸 優 愛乾

track 15

Unit 15 祝福

幫我向約翰問好。

Say hi to John for me.

塞 嗨 兔 強 佛 密

DIALOG 會話練習

A：約翰好嗎？
How is John?
好 意思 強

B：他很好，謝謝！
He is fine, thanks.
ㄏ一 意思 凡 山克斯

A：我現在要走了！
I've got to go now.
愛夫 咖 兔 購 惱

B：好啊，當然可以！
Yeah, sure.
訝 秀

A：幫我向約翰問好，好嗎？
Say hi to John for me. OK?
塞 嗨 兔 強 佛 密 OK

B：我會的。
I will.
愛 我

PRACTICE 相關用語

幫我向他問好。
➪ Say hi to him for me.
塞 嗨 兔 恨 佛 密

告訴他我想念他。
➪ Tell him I miss him.
太耳 恨 愛 密斯 恨

幫我向約翰問好。
➪ Give my love to John.
寄 買 勒夫 兔 強

幫我向約翰問好。
➪ Give my best to John.
寄 買 貝斯特 兔 強

請幫我向約翰問好。
➪ Please give my regards to John.
普利斯 寄 買 瑞卡斯 兔 強

幫我向你的家人問好！
➪ Send my regards to your family.
善的 買 瑞卡斯 兔 幼兒 非摸寧

祝你今天順利！

➪ Have a nice day.

黑夫 ㄜ 耐斯 得

祝你週末愉快！

➪ Have a nice weekend.

黑夫 ㄜ 耐斯 屋一肯特

祝你快樂！

➪ Have a nice time.

黑夫 ㄜ 耐斯 太ㄇ

保重。

➪ Take care.

坦克 卡耳

你自己要多保重。

➪ Take care of yourself.

坦克 卡耳 歐夫 幼兒塞兒夫

祝你好運！

➪ Good luck.

估的 辣克

track 16

Unit 16 道別

再見！

Good-bye.

估的　　拜

DIALOG 會話練習

A：很高興和你聊天。
Nice talking to you.
耐斯 透ㄍ一因 兔 優

B：我也是。
Me too.
密 兔

A：找個時間來吃晚餐吧！
Come over for dinner sometime.
康 歐佛 佛 丁呢 桑太ㄇ

B：我會的。
I will.
愛 我

A：我現在得走了！
I have to go now.
愛 黑夫 兔 購 惱

track 16

B：謝謝你的來訪。再見！
Thank you for coming. Good-bye!
山揪兒 佛 康密因 估的 拜

PRACTICE 相關用語

再見！
➪ Bye.
拜

再見！
➪ Bye-bye.
拜 拜

再見！
➪ See you.
吸 優

再見！
➪ See you soon.
吸 優 訓

再見！
➪ See you around.
吸 優 婀壯

再見！
➪ I'll see you later.
愛我 吸 優 淚特

下次見。

➪ See you next time.

吸 優 耐斯特 桑太ㄇ

再見！

➪ So long.

蒐 龍

先說再見囉！

➪ So long for now.

蒐 龍 佛 惱

保重！

➪ Take care.

坦克 卡耳

再見！

➪ Catch you later.

凱區 優 淚特

要保持聯絡！

➪ Don't be a stranger.

動特 逼 ㄜ 司穿幾爾

我正好要離開。

➪ I was about to leave.

愛 瓦雌 世保特 兔 力夫

Chapter 2 辦公室用語

track 17

Unit 1 有訪客

需要我效勞嗎？

May I help you?

美 愛 黑耳ㄆ 優

DIALOG 會話練習

A：需要我效勞嗎？
May I help you?
美 愛黑耳ㄆ 優

B：嗨，我是來見瓊斯先生的。
Hi, I'm here to meet Mr. Jones.
嗨 愛門 ㄏ一爾 免 密 密斯特 瓊斯

A：請問您的大名？
May I have your name, please?
美 愛 黑夫 幼兒 捏嗯 普利斯

B：我是彼得．懷特。
I'm Peter White.
愛門 彼得 懷特

A：我會告訴瓊斯先生您來了。
I'll tell Mr. Jones you are here.
愛我 太耳 密斯特 瓊斯 優 阿 ㄏ一爾

track 17

感謝您。

B：Thank you so much.

山揪兒 蒐 罵區

PRACTICE 相關用語

需要我幫忙你嗎？

➪ Can I help you?

肯 愛黑耳ㄆ 優

我要如何幫你？

➪ How can I help you?

好 肯 愛黑耳ㄆ 優

我要如何協助你？

➪ How may I help you?

好 美 愛黑耳ㄆ 優

我能為你做什麼嗎？

➪ What can I do for you?

華特 肯 愛 賭 佛 優

有事嗎？

➪ Yes?

夜司

先生，有事嗎？

➪ Sir?

捨

track 17

女士？有事嗎？

➪ Madam?

妹登

請坐！

➪ Please have a seat.

普利斯 黑夫 ㄜ 西特

要喝咖啡或是茶？

➪ Coffee or tea?

咖啡 歐 踢

要喝點飲料嗎？

➪ Do you want something to drink?

賭 優 忘特 桑性 兔 朱因克

瓊斯先生說他馬上就回來。

➪ Mr. Jones said he would be back soon.

密斯特 瓊斯 曬得 ㄏ一 屋 逼 貝克 訓

您有先約嗎？

➪ Did you have an appointment?

低 優 黑夫 恩 阿婆一門特

瓊斯先生回來了嗎？

➪ Has Mr. Jones come back?

黑資 密斯特 瓊斯 康 貝克

track 17

我看看瓊斯先生是不是可以見你！

➪ I'll see if Mr. Jones can see you.

愛我 吸 一幅 密斯特 瓊斯 肯 吸 優

瓊斯先生正在等你！

➪ Mr. Jones is expecting you.

密斯特 瓊斯 意思 醫師波特 優

瓊斯先生準備要見我了嗎？

➪ Is Mr. Jones ready to see me?

意思 密斯特 瓊斯 瑞底 兔 吸 密

我來見瓊斯先生。

➪ I'm here to meet Mr. Jones.

愛門 ㄏ一爾 兔 密 密斯特 瓊斯

我和瓊斯先生有約。

➪ I have an appointment with Mr. Jones.

愛 黑夫 恩 阿婆一門特 位斯 密斯特 瓊斯

我們在三點鐘有個會議。

➪ We're supposed to have a meeting at 3 o'clock.

屋阿 捨破斯的 兔 黑夫 ㄜ 密挺引 ㄟ 樹裡 A 克拉克

我在想約翰是否有空？

➪ I was wondering if John might be available for a few minutes.

愛 瓦雌 王得因 一幅 強 賣特 逼 A 肥樂伯 佛 ㄜ 否 咪逆疵

track 18

Unit 2 介紹新人

他今天第一天上班。

It's his first day today.

依次 ㄏ一斯 福斯特 得 特得

DIALOG 會話練習

A：我帶你到處看看！
Let me show you around.
勒 密 秀 優 婀壯

B：謝謝！
Thanks.
山克斯

A：約翰，這是彼得。彼得，這是約翰。
John, this is Peter. Peter, this is John.
強 利斯 意思 彼得 彼得 利斯 意思 強

B：你好嗎？
How do you do?
好 賭 優 賭

C：很好。很高興有你加入，彼得。
Great. Good to have you, Peter.
鬼雷特 估的 兔 黑夫 優 彼得

track 18

今天是彼得第一天上班。

A：It's Peter's first day today.

依次 彼得斯 福斯特 得 特得

PRACTICE 相關用語

我帶你四處看一看。

➪ I'll show you around.

愛我 秀 優 婀壯

我帶你認識一下辦公室的環境。

➪ I'll show you around the office.

愛我 秀 優 婀壯 勒 歐肥斯

來見見你的新夥伴！

➪ Come to meet your new partner.

康 兔 密 幼兒 紐 趴惹

來認識一下大家。

➪ I'd like you to meet everybody.

愛屋 賴克 優 兔 密 廿肥瑞八弟

這位是你的新夥伴。

➪ This is your new partner.

利斯 意思 幼兒 紐 趴惹

這位是約翰·瓊斯，但是你可以叫他 JJ！

➪ This is John Jones, but you can call him JJ.

利斯 意思 強 瓊斯 霸特 優 肯 摳 恨 JJ

這是我們新進的成員。

➪ This is our newest team staff.

利斯 意思 凹兒 扭意思特 踢母 司大夫

來見見我們小組的新進成員。

➪ I want you to meet the newest member of

愛忘特 優 免 密 勒 扭意思特 麵伯 歐夫

our team.

凹兒 提母

我想要介紹我們新成員彼得。

➪ I want to introduce our newcomer Peter.

愛 忘特 兔 因雀兒丟斯 凹兒 紐康兒 彼得

他今天開始上班。

➪ He just started working today.

ㄏ一 賈斯特 司打的 臥慶 特得

他即將是我們行銷部門的一份子。

➪ He'll be part of our marketing department.

ㄏ一我 逼 怕特 歐夫 凹兒 媽機聽 低怕特悶特

他昨天才剛開始行銷的工作。

➪ He just started yesterday in marketing.

ㄏ一 賈斯特 司打的 夜司特得 引 媽機聽

track 19

Unit 3 新人到職自我介紹

我是新來的編輯。

I'm the new editor.

愛門　勒　紐　ㄟ低特爾

DIALOG 會話練習

A：我是新來的編輯。叫我彼得就好。
I'm the new editor. Just call me Peter.
愛門 勒 紐 ㄟ低特爾 賈斯特 摳 密 彼得

B：歡迎，彼得。
Welcome, Peter.
威爾康 彼得

A：我很高興能加入這個團隊。
I'm glad to be on board.
愛門 葛雷得 兔 逼 忘 伯的

B：很高興你加入我們。
It's nice to have you with us.
依次 耐斯 兔 黑夫 優 位斯 惡斯

A：是我的榮幸。
It's my honor.
依次 買 阿奶

B：如果你需要任何幫助，告訴我一聲。
If you need any help, just let me know.
一幅 優 尼的 安尼 黑耳ㄆ 賈斯特 勒 密 弄

PRACTICE 相關用語

我來自我介紹一下。
➪ Allow me to introduce myself.
阿樓 密 兔 因雀兒丟斯 買塞兒夫

我是彼得。
➪ I'm Peter.
愛門 彼得

很高興認識你。
➪ It's nice to meet you.
依次 耐斯 兔 密 揪

我的名字是彼得・瓊斯。
➪ My name is Peter Jones.
買 捏嗯 意思 彼得 瓊斯

請叫我 DJ。
➪ Please call me DJ.
普利斯 摳 密 DJ

在這裡工作是一個很大的挑戰。
➪ Working here is a big challenge.
臥慶 ㄏ一爾 意思 ㄜ 逼個 差冷居

track 19

很期待與你(們)共事。

➩ I'm looking forward to working with you.

愛門 路克引 佛臥得 兔 臥慶 位斯 優

談論一下你自己吧！

➩ Tell me about yourself.

太耳 密 世保特 幼兒塞兒夫

希望你在此一切滿意。

➩ I hope you will be happy here.

愛厚ㄆ 優 我 逼 黑皮 ㄏ一爾

你有任何問題嗎？

➩ Do you have any questions?

賭 優 黑夫 安尼 魁私去斯

如果你需要任何幫助，讓我知道一下。

➩ Let me know if you need any help.

勒 密 弄 一幅 優 尼的 安尼黑耳ㄆ

如果你有問題，就讓我知道一下！

➩ Let me know if you have any questions.

勒 密 弄 一幅 優 黑夫 安尼 魁私去斯

track 20

Unit 4 職場互動

能不能幫我代班？

Could you cover for me?

苦揪兒 咖否 佛 密

DIALOG 會話練習

大衛，早安！怎麼啦？
A：Good morning, David! What's going on?
估 摸寧 大衛 華資 勾引 忘

星期五能不能幫我代班？
B：Could you cover for me on Friday?
苦揪兒 咖否 佛 密 忘 富來得

但是我跟蘇珊換班了。
A：But I switched with Susan.
霸特 愛思物區的 位斯 蘇森

我要去機場接我太太。
B：I'm going to meet my wife at the airport.
愛門 勾引 兔 密 買 愛夫 ㄟ 勒 愛爾破特

你怎麼不試試找杰生幫忙？
A：Why don't you ask Jason for help?
壞 動特 優 愛斯克 杰生 佛 黑耳ㄆ

好主意！
B：Good idea.
估的　愛滴兒

PRACTICE 相關用語

我需要你的幫助。
➩ I need your help.
愛 尼的 幼兒 黑耳ㄆ

你可以示範要怎麼做嗎？
➩ Would you show me how to do this?
屋揪兒　秀　密　好　兔　賭　利斯

所以你的計畫是什麼？
➩ So, what's your plan?
蒐　華資　幼兒　不蘭

你的問題是什麼？
➩ What's your problem?
華資　幼兒　撲拉本

我能幫助你什麼？
➩ What can I do for you?
華特　肯 愛 賭　佛　優

你這個週末能不能幫我代班？
➩ Could you cover for me on this weekend?
苦揪兒　咖否　佛　密　忘　利斯　屋一肯特

馬克會代理我的例行性工作。

➪ Mark will take over my regular duties.

馬克　我　坦克　歐佛　買　瑞鬼爾　斗踢斯

傑克星期六會幫我代班。

➪ Jack is covering for me Saturday.

傑克　意思　咖否引　佛　密　塞特得

誰要做我例行的工作？

➪ Who will do my regular duties?

乎　我　賭　買　瑞鬼爾　斗踢斯

你能幫我一個忙嗎？

➪ Can you help me?

肯　優　黑耳ㄆ　密

你能幫我這個嗎？

➪ Can you help me with it?

肯　優　黑耳ㄆ　密　位斯　一特

我馬上處理！

➪ I'll get to work on it.

愛我　給特　兔　臥克　忘　一特

我來看看我可以做什麼！

➪ I'll see what I can do.

愛我　吸　華特　愛　肯　賭

track 20

你第一次參加這個會議嗎？

➪ Is this your first time to attend this meeting?

意思 利斯 幼兒 福斯特 太ㄇ 兔 せ天 利斯 密挺引

我們進度有一點落後！

➪ We're running a little behind schedule.

屋阿 ㄖ忘印 ㄜ 裡頭 逼害 司給九

這個案子進行得如何？

➪ How is the project coming along?

好 意思 勒 破傑特 康密因 A弄

我們遇到了一些問題！

➪ We ran into some problems.

屋依 潤 引兔 桑 撲拉本斯

我來安排一下！

➪ Let me make some arrangements.

勒 密 妹克 桑 ㄜ潤居門斯

track 21

Unit 5 討論

我可以和你說話嗎？

Can I talk to you?

肯　愛　透克　免　優

DIALOG 會話練習

A：嗨，約翰。
hi, John.
嗨　強

B：有事嗎？
What's up?
華資　阿鋪

A：我可以和你說話嗎？
Can I talk to you?
肯 愛 透克 免　優

B：當然可以。坐下吧！
Sure. Have a seat.
秀　黑夫 士 西特

A：我們必須想一個辦法來解決這問題。
We have to think up a way to solve this problem.
屋依 黑夫 兔 施恩克 阿鋪 士 位 兔 殺夫 利斯 撲拉本

track 21

B：這工作很不簡單。
It's a lot of hard work.
依次 ㄜ 落的 歐夫 哈得 臥克

PRACTICE 相關用語

你有空嗎？
➪ Do you have a minute?
賭 優 黑夫 ㄜ 咪逆特

我現在能和你說話嗎？
➪ Can I talk to you now?
肯 愛透克 兔 優 惱

我能和你談一下嗎？
➪ Can I talk to you for a moment?
肯 愛透克 兔 優 佛 ㄜ 摩門特

有空聊一聊嗎？
➪ Can you talk for a moment?
肯 優 透克 佛 ㄜ 摩門特

你有空嗎？
➪ Do you have a moment?
賭 優 黑夫 ㄜ 摩門特

現在有空談一談嗎？
➪ Got a minute to talk?
咖 ㄜ 咪逆特 兔 透克

你現在方便說話嗎？
➪ Are you free to talk now?
阿　優　福利 兔 透克 惱

現在方便說話嗎？
➪ Is this a good time to talk?
意思 利斯 ㄜ 估的 太ㄇ 兔 透克

我需要和你聊一聊。
➪ I need to talk to you.
愛尼的 兔 透克 兔　優

你現在在忙嗎？
➪ Are you busy now?
阿　優　逼日　惱

我洗耳恭聽！
➪ I'm all ears.
愛門 歐 一耳斯

我不想討論！
➪ I really don't want to talk about it.
愛瑞兒裡 動特　忘特　兔 透克 せ保特 一特

我們換個話題吧！
➪ Let's change the subject.
辣資　勸居　勒 殺不潔特

track 21

你想說什麼？

➪ What are you trying to say?

華特 阿 優 踹引 兔 塞

你看吧！

➪ You see?

優 吸

我告訴你吧！

➪ Let me tell you something.

勒 密 太耳 優 桑性

你認為呢？

➪ What do you say?

華特 賭 優 塞

track 22

Unit 6 工作細節

你的重點是什麼？

What's your point?

華資　幼兒　波以特

DIALOG 會話練習

A：計畫案截止日是什麼時候？
When is the project due?
昏 意思 勒 破傑特 丟

B：這個星期五前。
This Friday.
利斯 富來得

A：我不認為你可以及時完成。
I don't think you can finish it in time.
愛動特 施恩克 優 肯 ㄈ尼績 一特 引 太ㄇ

B：你的重點是什麼？
What's your point?
華資 幼兒 波以特

A：你有很多事情要做。
You have got so much to do.
優 黑夫 咖 蒐 罵區 兔 賭

track 22

B：是啊，也許我今天就得開始這個案子。
Yeah, maybe I have to start this project today.
訝　美批　愛 黑夫 兔 司打 利斯 破傑特　特得

PRACTICE 相關用語

能不能把重點說得更清楚一點？
➪ Would you get to the point?
屋揪兒　給特 兔 勒　波以特

你要表達的是什麼？
➪ What are you trying to say?
華特　阿　優　踹引 兔 塞

你的意思是什麼？
➪ What do you mean?
華特　賭　優　密

你指的是什麼資料？
➪ What document are you talking about?
華特　打區門特　阿　優　透ㄍ一因 世保特

告訴我細節。
➪ Tell me the details.
太耳　密　勒　低特爾斯

我有錯過什麼事嗎？
➪ Am I missing something?
M 愛　密斯引　桑性

track 22

聽起來是個好的解決方法！

➪ Sounds like a good approach.

桑斯 賴克 ㄜ 估的 阿婆去

你要我們怎麼做？

➪ What would you like us to do?

華特 屋揪兒 賴克 惡斯 兔 賭

我有好消息要宣布。

➪ I have some good news.

愛黑夫 桑 估的 紐斯

誰有想法？

➪ Who's got an idea?

乎斯 咖 恩 愛滴兒

track 23

Unit 7 提出問題

到目前為止你覺得如何？

How do you like it so far?

好　賭　優　賴克 一特 蒐　罰

DIALOG 會話練習

A：你看！
Check it out.
切客 一特 凹特

B：是你自己做的嗎？
Did you do it on your own?
低　優　賭 一特 忘 幼兒 翁

A：是啊！目前為止你覺得如何？
Yeah. How do you like it so far?
訝　好　賭　優 賴克 一特 蒐 罰

B：真是不簡單啊！
This is impressive.
利斯 意思 引瀑來司夫

A：你真的這麼認為嗎？
You really think so?
優 瑞兒裡 施恩克 蒐

B：是啊！為什麼不是？
Yeah, why not?
訝　壞　那

PRACTICE 相關用語

那又怎麼樣？
➩ So what?
蒐　華特

所以呢？
➩ So?
蒐

你想證明什麼？
➩ What are you trying to prove?
華特　阿　優　踹引　兔　埔夫

那是什麼？
➩ What is that?
華特 意思 類

發生什麼事？
➩ What's going on?
華資　勾引　忘

等著看吧！
➩ You will see.
優　我　吸

track 23

你達到你的目標了嗎？

➪ Have you met your goals?

黑夫　優　妹特　幼兒　構思

一切都會懸而未決。

➪ Everything will be up in the air.

哀複瑞性　我　逼　阿鋪　引　勒　愛爾

你聽到最新消息了嗎？

➪ Have you heard the latest news?

黑夫　優　喝得　勒　淚踢斯特　紐斯

滿意嗎？

➪ Satisfied?

撒替斯飛的

你在幹嘛？

➪ What are you doing?

華特　阿　優　督引

你知道那件事嗎？

➪ Do you know that?

賭　優　弄　類

你知道我在說什麼嗎？

➪ Do you know what I am talking about?

賭　優　弄　華特　愛 M　透ㄍ一因　ㄝ保特

track 23

你知道我的意思嗎？

➪ Do you know what I mean?

賭 優 弄 華特 愛 密

track 24

Unit 8 工作交辦

你希望我什麼時候完成？

When do you want it done?

昏 賭 優 忘特 一特 檔

DIALOG 會話練習

你在忙嗎？

A：In the middle of something?

引 勒 米斗 歐夫 桑性

沒啊！

B：Nope.

弄破

能幫我把報告打好字嗎？

A：Would you type the report for me?

屋揪兒 太撲 勒 蕊破特 佛 密

B：好的。你要我什麼時候完成？
Sure. When do you want it done?
秀　昏　賭　優　忘特　一特　檔

A：只要今天之內完成就可以了。
Just finish it today.
賈斯特　ㄈ尼續　一特　特得

B：沒問題！
No problem.
弄　撲拉本

PRACTICE 相關用語

也許你可以幫我！
➩ Maybe you can help me.
美批　優　肯　黑耳ㄆ　密

可以開始了嗎？
➩ Shall we?
修　屋依

我馬上去做。
➩ I'll do that right now.
愛我　賭　類　軟特　惱

我們開始吧！
➩ Let's get started.
辣資　給特　司打的

開始工作吧！

Let's get down to work.

辣資 給特 黨 兔 臥克

我兩點鐘前會完成這個報告。

I'll finish this report by two o'clock.

愛我 ㄈ尼續 利斯 蕊破特 百 凸 A克拉克

我會盡力！

I'll do my best.

愛我 賭 買 貝斯特

我會準時把工作做完。

I'll get my job done on time.

愛我 給特 買 假伯 檔 忘 太ㄇ

你有和他談過了嗎？

Have you spoken with him about this?

黑夫 優 司瀑肯 位斯 恨 せ保特 利斯

我什麼時候可以開始呢？

When can I get started?

昏、 肯 愛 給特 司打的

我應該什麼時候完成呢？

When should I finish it?

昏 秀得 愛 ㄈ尼續 一特

track 24

太容易了。

➪ It's a piece of cake.

依次 ㄜ 批斯 歐夫 K 客

事情都解決了！

➪ It's all cleared up.

依次 歐 克里兒的 阿鋪

我來處理。

➪ I'll get it done.

愛我 給特 一特 檔

track 25

Unit 9 工作執掌

我要去辦一件事。

I'm going to run an errand.

愛門 勾引 免 日忘 恩 愛潤

DIALOG 會話練習

嘿，還好吧？

A：Hey, how is everything?

嘿 好 意思 哀複瑞性

B：日前為止還不錯。
So far so good.
蒐 罰 蒐 估的

A：你現在忙嗎？
Are you busy now?
阿 優 逼日 惱

B：有一點。
Kind of.
砍特 歐夫

A：怎麼啦？
What's up?
華資 阿鋪

B：我要幫瓊斯先生跑腿做一件事。
I'm going to run an errand for Mr. Jones.
愛門 勾引 兔日忘 恩 愛潤 佛 密斯特 瓊斯

PRACTICE 相關用語

我負責這件事。
➪ I'm in charge of it.
愛門 引 差居 歐夫 一特

你可以信賴我！
➪ You can count on me.
優 肯 考特 忘 密

track 25

你得靠你自己！

➪ You're on your own.

優矮 忘 幼兒 翁

我要幫我的老闆安排旅遊事宜。

➪ I'll make travel arrangements for my boss.

愛我 妹克 吹佛 ㄜ潤居門斯 佛 買 伯斯

我會是這個計畫的得力助手。

➪ I'll be a great assistance to this project.

愛我 逼 ㄜ 鬼雷特 阿司特恩斯 兔 利斯 破傑特

我必須在三點鐘前完成這份報告。

➪ I have to finish the report before 3 o'clock.

愛 黑夫 兔 ㄈ尼續 勒 蕊破特 必佛 樹裡A克拉克

我終於解決了一些問題。

➪ I've finally cleared up some problems.

愛夫 非諾禮 克里兒的 阿鋪 桑 撲拉本斯

你做了什麼事？

➪ What have you done?

華特 黑夫 優 檔

我會負責聯絡他。

➪ I'll be in charge of contacting him.

愛我 逼 引 差居 歐夫 抗特聽引 恨

track 25

你知道的，這不是我的工作！

➪ It's not my job, you know.

依次 那 買 假伯 優 弄

我應該要在午餐前完成這個工作。

➪ I should have this job done by lunchtime.

愛 秀得 黑夫 利斯 假伯 檔 百 濫去太ㄇ

track 26

Unit 10 行程安排

我來確認一下他的行程。

Let me check his schedule.

勒 密 切客 ㄏ一斯 司給九

DIALOG 會話練習

A：我和他五點鐘有約。

I have an appointment with him at 5 o'clock.

愛 黑夫 恩 阿婆一門特 位斯 恨 ㄟ 肥福 A克拉克

B：一直到五點鐘之前他都不會有空。

He won't have a break until 5 o'clock.

ㄏ一 甕 黑夫 ㄜ 不來客 骯提爾 肥福 A克拉克

track 26

瓊斯先生什麼時候會回來？

A：When will Mr. Jones come back?

昏　我 密斯特 瓊斯　康　貝克

我來確認一下他的行程。

B：Let me check his schedule.

勒 密　切客 ㄏ一斯 司給九

謝啦！

A：Thanks.

山克斯

他今天行程很滿。

B：He has got a pretty tight schedule today.

ㄏ一 黑資 咖ㄜ 撲一替　太　司給九　特得

PRACTICE 相關用語

他的飛機預計四點鐘抵達。

➩ His plane is timed to arrive at four o'clock.

ㄏ一斯 不蘭 意思 太ㄇ的 兔 阿瑞夫 ㄟ 佛 A 克拉克

他和彼得有一個午餐會議。

➩ He will have a meeting with Peter over lunch.

ㄏ一 我　黑夫 ㄜ 密挺引　位斯　彼得　歐佛　濫去

他要參加高層管理人員的會議。

➩ He had to attend a senior staff meeting.

ㄏ一 黑的 兔 せ天　ㄜ 洗泥兒 司大夫 密挺引

track 26

你能安排這個會議在星期五嗎？

Could you arrange this meeting on Friday?

苦揪兒　ㄜ潤居　利斯　密挺引　忘　富來得

我們星期二可以見面嗎？

Can we meet on Tuesday?

肯　屋依　密　忘　踢屋斯得

請幫我安排和瓊斯先生見面。

Please set up a meeting with Mr. Jones for me.

普利斯　塞特　阿鋪　ㄜ　密挺引　位斯　密斯特　瓊斯　佛　密

我們來開場早餐會議吧！

Let's have a breakfast meeting.

辣資　黑夫　ㄜ　不來客非斯特　密挺引

track 27

Unit 11 工作量太大

我有一堆事情要做。

I've got so much to do.

愛夫 咖 蒐 罵區 兔 睹

DIALOG 會話練習

A：正在忙嗎？
In the middle of something?
引 勒 米斗 歐夫 桑性

B：我有一堆事情要做。
I've got so much to do.
愛夫 咖 蒐 罵區 兔 睹

A：嘿，好了。你應該要休息一下的。
Hey, come on. You have to take a break.
嘿 康 忘 優 黑夫 兔 坦克 さ 不來客

B：我對我的工作有點挫折感。
I'm a little frustrated about my job.
愛門 さ 裡頭 發司吹特的 せ保特 買 假伯

A：聽著，你要來杯咖啡嗎？
Listen, do you want some coffee?
樂身 睹 優 忘特 桑 咖啡

太好了！
B：That would be great.
類 屋 逼 鬼雷特

PRACTICE 相關用語

真的太多工作了。
➪ There's too much work.
淚兒斯 兔 罵區 臥克

從上個星期開始，我一直都在加班。
➪ I've been working overtimc sincc last week.
愛夫 兵 臥慶 歐佛太ㄇ 思恩思 賴斯特 屋一克

我的工作量真的超出負荷了。
➪ I'm overwhelmed with a heavy workload.
愛門 歐佛灰門的 位斯 さ 黑肥 臥克 漏得

你沒看見我手上有一堆事嗎？
➪ Can't you see my hands are full?
肯特 優 吸 買 和斯 阿 佛

我桌上的工作堆積如山。
➪ There is a lot of work piled up on my desk.
淚兒 意思 さ 落的 歐夫 臥克 派兒的 阿鋪 忘 買 戴斯克

我一直工作過度了。
➪ I've been overworking.
愛夫 兵 歐佛臥慶

track 27

我今晚要加班。

➪ I'll have to work overtime tonight.

愛我 黑夫 兔 臥克 歐佛 太ㄇ 特耐

我應該要休假。

➪ I should take a vacation.

愛 秀得 坦克 ㄜ 肥肯遜

我有兩個星期的休假。

➪ I got two weeks' leave.

愛 咖 凸 屋一克斯 力夫

track 28

Unit 12 正忙於工作

我忙著工作。

I'm busy at work.

愛門 逼日 ㄟ 臥克

DIALOG 會話練習

我能和你説一下話嗎？

A：Can I talk to you for a moment?

肯 愛 透克 兔 優 佛 ㄜ 摩門特

B：不，你不可以。
No, you can't.
弄 優 肯特

A：不會太久。
It won't be long.
一特 甕 逼 龍

B：我忙著工作。
I'm busy at work.
愛門 逼日 ㄟ 臥克

A：只要一分鐘就好，拜託？
Just a minute, please?
賈斯特 ㄜ 咪逆特 普利斯

B：好吧！什麼事？
OK. What is it?
OK 華特 意思 一特

PRACTICE 相關用語

我正在忙。
➪ I'm in the middle of something.
愛門 引 勒 米斗 歐夫 桑性

我在忙走不開。
➪ I'm tied up at the moment.
愛門 太的 阿鋪 ㄟ 勒 摩門特

track 28

我正忙於聯絡我的客戶。

➪ I'm busy connecting with my clients.

愛門 逼日 卡耐特引 位斯 買 課來恩斯

我現在真的非常忙。

➪ I'm really busy at the moment.

愛門 瑞兒裡 逼日 ㄟ 勒 摩門特

我非常的忙。

➪ I'm extremely busy.

愛門 一斯吹米粒 逼日

我有點慌亂。

➪ I'm in a bit of flap.

愛門 引 ㄜ 畢特 歐夫 福類撲

我現在不能丟下這個工作不管。

➪ I can't leave this job at the moment.

愛 肯特 力夫 利斯 假伯 ㄟ 勒 摩門特

抱歉，我沒時間說話。

➪ Sorry. No more time to talk.

蒐瑞 弄 摩爾 太ㄇ 兔 透克

現在趕緊去做你應該做的事。

➪ Just do what you have to do now.

賈斯特 賭 華特 優 黑夫 兔 賭 惱

track 29

Unit 13 瑣碎事務

你把它都放在哪裡了？

Where did you keep it?

灰耳　低　優　機鋪　一特

DIALOG 會話練習

A：艾咪，請問一下。
Excuse me, Amy.
ㄟ克斯Q斯 密 艾咪

B：有事嗎？
Yes?
夜司

A：你把檔案都放在哪裡了？
Where did you keep the files?
灰耳 低 優 機鋪 勒 非二斯

B：你問錯人了。不是我收的。
You ask the wrong person. I didn't keep it.
優 愛斯克 勒 弄 波審 愛 低等 機鋪 一特

A：那是誰收的？這裡真亂。
Then who did it? What a mess here.
蘭 乎 低 一特 華特 ㄜ 罵司 ㄏ一爾

B：是傑克收的。
Jack did.
傑克 低

A：我改去問他好了。
I'm going to ask him instead.
愛門 勾引 兔 愛斯克 恨 因斯得的

PRACTICE 相關用語

我寄給瓊斯先生一封追蹤進度的電子郵件。
➪ I send Mr. Jones a follow up email.
愛善的 密斯特 瓊斯 ㄊ 發樓 阿鋪 e妹兒

請重新再做一次。
➪ Please do it all over again.
普利斯 賭 一特 歐 歐佛 愛乾

把這份文件傳真給瓊斯先生。
➪ Fax this paper to Mr. Jones.
飛司利斯 呸婆 兔 密斯特 瓊斯

你能記下來嗎？
➪ Can you write it down?
肯 優 瑞特 一特 黨

你能幫我打這封信嗎？
➪ Can you type this letter for me?
肯 優 太撲 利斯 類特 佛 密

track 30

Unit 14 人事規定

他請了一天假。

He took a day off.

ㄏㄧ　兔克　ㄜ　得　歐夫

DIALOG 會話練習

A：瓊斯先生，早安！
Good morning, Mr. Jones.
估　摸寧　密斯特 瓊斯

B：彼得今天怎麼沒來上班？
How come Peter didn't come in today?
好　康　彼得　低等　康　引　特得

A：他請了一天假。
He took a day off.
ㄏㄧ 兔克 ㄜ 得 歐夫

B：彼得的工作表現如何？
How is Peter's work?
好 意思 彼得斯　臥克

A：很棒啊！
Excellent.
ㄟ色勒特

很好！

B：Good to hear that.

估的 兔 ㄏ一爾 類

PRACTICE 相關用語

我今天休假。

➪ I'm off today.

愛門 歐夫 特得

我下禮拜要請幾天假。

➪ I'm taking a couple of days off next week.

愛門 坦克因ㄊ 咖破 歐夫 得斯 歐夫 耐司特 屋一克

我需要請兩天病假。

➪ I need a sick leave for two days.

愛尼的ㄊ西客 力夫 佛 凸 得斯

我因病請了一天假。

➪ I took a day off because of illness.

愛兔克ㄊ 得 歐夫 逼寇司 歐夫 愛喔泥需

我還有幾天事假可以請？

➪ How many personal days do I have?

好 沒泥 波審挪 得斯 賭 愛 黑夫

我要請二天假。

➪ I'll take two days off.

愛我 坦克 凸 得斯 歐夫

你上班打卡了嗎？

➪ Did you punch in?

低 優 胖區 引

你又遲到了。

➪ You are late again.

優 阿 淚特 愛乾

我忘記下班打卡了。

➪ I forgot to punch out.

愛 佛咖 兔 胖區 凹特

今天發薪水。

➪ Today is payday.

特得 意思 配得

我的旅費需要報帳。

➪ I'd like to request my travel reimbursement.

愛屋 賴克 兔 瑞鬼斯特 買 吹佛 瑞伯撕悶特

我們不必打卡上下班。

➪ We don't need to punch in and out here.

屋依 動特 尼的 兔 胖區 引 安 凹特 ㄏ一爾

track 31

Unit 15 辦公室軟硬體

我的電腦一直當機。

My computer kept crashing.

買　康撲特　給波的　魁星

DIALOG 會話練習

A：喔，我的天啊！不會再來一次吧？
Oh, my God. Not again?
喔　買　咖的　那　愛乾

B：發生什麼事？
What's wrong?
華資　弄

A：我的電腦一直當機。
My computer kept crashing.
買　康撲特　給波的　魁星

B：你的系統中毒了。
You've got a virus on your system.
優夫　咖　ㄜ 麥瑞斯 忘 幼兒 西司疼

A：我現在應該要怎麼做？
What shall I do now?
華特　修　愛賭　惱

B：現在又怎麼啦？
What happen now?
華特　黑噴　惱

PRACTICE 相關用語

我的電腦速度太慢。
➪ My computer is too slow.
買　康撲特 意思 兔 師摟

螢幕老是在閃。
➪ The monitor is wavy.
勒 莫尼特兒 意思 威飛

我要怎麼更換字型？
➪ How do I change fonts?
好 賭 愛 勸居 放肆

我要怎麼列印？
➪ How do I get it to print?
好 賭 愛給特 一特 兔 瀑印特

這台影印機壞了。
➪ This copier is broken.
利斯 卡皮兒意思 不羅肯

我能借用你的電話嗎？
➪ May I use your telephone?
美 愛又司 幼兒 太勒封

track 31

沒紙了。

➪ It's out of paper.

依次 凹特 歐夫 呸婆

我的筆沒水了。

➪ My pen is out of ink.

買 盼 意思 凹特 歐夫 因課

你有看到我的修正液嗎？

➪ Did you see my whiteout?

低 優 吸 買 懷特 凹特

我可以在哪裡拿到辦公室的文具？

➪ Where can I get some office supplies?

灰耳 肯 愛 給特 桑 歐肥斯 色不來斯

要怎麼登入公司的內網？

➪ How do I log on to the company's intranet?

好 賭 愛 落客 忘 兔 勒 康噴泥斯 引戳內特

你知道要怎麼使用這個嗎？

➪ Do you know how to use this?

賭 優 弄 好 兔 又司 利斯

這東西壞了！

➪ It's broken.

依次 不羅肯

track 32

Unit 16 同事代為留言

他等一下會回電。

He'll call back later.

厂一我　摳　貝克　淚特

DIALOG 會話練習

A：我吃完午餐回來了。
I'm back from lunch.
愛門 貝克　防　濫去

B：午餐吃得如何？
How was your lunch?
好　瓦雌 幼兒　濫去

A：嗯，馬馬虎虎啦！有人打電話來嗎？
Hmm, so so. Did anyone call?
嗯　蒐 蒐　低　安尼萬　摳

B：有的。一個叫做艾瑞克的人。
Yes. Someone name Eric.
夜司　桑萬　捏嗯 艾瑞克

A：他有說什麼嗎？
What did he say?
華特　低 厂一　塞

他等一下會再回電。

B：He'll call back later.

厂一我 摳 貝克 淚特

PRACTICE 相關用語

他要你回電給她。

➪ He wants you to call her back.

厂一 忘斯 優 兔 摳 喝 貝克

他今晚無法和你見面。

➪ He can't meet you tonight.

厂一 肯特 密 揪 特耐

他要你工作時間回電給她。

➪ He wants you to call her back at work.

厂一 忘斯 優 兔 摳 喝 貝克 ㄟ 臥克

他沒有留言。

➪ He didn't leave a message.

厂一 低等 力夫 ㄜ 妹西居

一直到星期天他都會在城裡。

➪ He's in town until Sunday.

厂一斯 引 躺 骯提爾 桑安得

你可以下午三點鐘之後聯絡到她。

➪ You can reach her after three pm.

優 肯 瑞區 喝 せ副特 樹裡 pm

track 32

對於你的訂單他有一些問題。

➩ He has some questions about your order.

ㄏㄧ 黑資 桑 魁私去斯 廿保特 幼兒 歐得

track 33

Unit 17 休息片刻

我真的需要休息一下。

I really need a break.

愛 瑞兒裡 尼的 ㄜ 不來客

DIALOG 會話練習

你有吃午餐嗎？

A：Did you have lunch?

低 優 黑夫 濫去

沒有，我沒有時間。

B：No, I didn't have time.

弄 愛 低等 黑夫 太ㄇ

你為何不現在出去？

A：Why don't you go out now?

壞 動特 優 購 凹特 惱

track 33

B：可是我現在太忙了！
But I'm too busy now.
霸特 愛門 兔 逼日 惱

A：我來幫你代班。
I'll take over for you.
愛我 坦克 歐佛 佛 優

B：真的嗎？我真的需要休息一下。
Really? I really need a break.
瑞兒裡 愛 瑞兒裡 尼的 ㄜ 不來客

PRACTICE 相關用語

我好累喔！
➩ I'm so tired.
愛門 蒐 太兒的

我累壞了！
➩ I'm exhausted.
愛門 一個肉死踢的

我等一下要出去。
➩ I'm going out later.
愛門 勾引 凹特 淚特

我要出去吃午餐。
➩ I'll go out for lunch.
愛我 購 凹特 佛 濫去

我需要吃一點東西。

➪ I need to eat something.

愛尼的 兔 一特 桑性

我要去吃三明治。

➪ I'm just going to get a sandwich.

愛門 賈斯特 勾引 兔 給特 ㄜ 三得位七

你為何不休息一下？

➪ Why don't you take a break?

壞 動特 優 坦克 ㄜ 不來客

放輕鬆吧！

➪ Just relax.

賈斯特 瑞理司

你要和我一起吃午餐嗎？

➪ Would you like to have lunch with me?

屋揪兒 賴克 兔 黑夫 濫去 位斯 密

你要來杯咖啡嗎？

➪ Do you want some coffee?

賭 優 忘特 桑 咖啡

Chapter 3

電話用語

track 34

Unit 1 去電找人

我能和約翰講電話嗎？

May I speak to John?

美　愛　司批客　兔　強

DIALOG 會話練習

需要我效勞嗎？
A：May I help you?
美 愛黑耳ㄆ 優

我能和約翰講電話嗎？
B：May I speak to John?
美 愛 司批客 兔 強

我看一下。
A：Let me take a look.
勒 密 坦克ㄜ 路克

好的。
B：Sure.
秀

好，我幫你轉接。
A：OK. I'll put you through.
OK 愛我 鋪 優 輸入

track 34

B：感謝您！
Thank you so much.
山揪兒 蒐 罵區

PRACTICE 相關用語

我能和約翰講電話嗎？
➪ May I speak to John, please?
美 愛 司批客 兔 強 普利斯

我能和約翰或艾瑞克講電話嗎？
➪ Could I talk to John or Eric?
苦 愛 透克 兔 強 歐 艾瑞克

我要和約翰通講話。
➪ I need to talk to John.
愛尼的 兔 透克 兔 強

我可以和約翰講電話嗎？
➪ Can I talk to John, please?
肯 愛 透克 兔 強 普利斯

喂，你是約翰嗎？
➪ Hello, is this John speaking?
哈囉 意思 利斯 強 司批慶

喂，約翰嗎？
➪ Hello, John?
哈囉 強

約翰在嗎？

➪ Is John there?

意思 強 淚兒

約翰在嗎？

➪ Is John around?

意思 強 婀壯

約翰今天在嗎？

➪ Is John in today?

意思 強 引 特得

約翰現在在辦公室裡嗎？

➪ Is John in the office now?

意思 強 引 勒 歐肥斯 惱

我是大衛，我要找約翰講電話。

➪ This is David calling for John.

利斯 意思 大衛 摳林 佛 強

1 打招呼用語
2 辦公室用語
3 電話用語
4 購物用語
5 人際關係用語
6 客套話用語
7 交通用語

track 35

Unit 2 本人接電話

我就是，請說。

Speaking.

司批慶

DIALOG 會話練習

A：我能和彼得講電話嗎？
May I speak to Peter?
美 愛 司批客 兔 彼得

B：我就是，請說。
Speaking.
司批慶

A：喔，嗨，彼得。我是艾咪。
Oh, hi, Peter. This is Amy.
喔 嗨 彼得 利斯 意思 艾咪

B：艾咪，有什麼我能幫忙的嗎？
What can I help you, Amy?
華特 肯 愛 黑耳ㄆ 優 艾咪

A：希望沒有打擾到你。
I hope I didn't disturb you.
愛 厚ㄆ 愛 低等 低司特伯 優

B：沒有，完全不會。有事嗎？
No, not at all. What's up?
弄　那 ㄟ 歐　華資　阿鋪

PRACTICE 相關用語

我是大衛。
➪ This is David.
利斯 意思 大衛

我就是。（適用女性）
➪ This is she.
利斯 意思 需

我就是。（適用男性）
➪ This is he.
利斯 意思 ㄏ一

我就是。
➪ It's me.
依次 密

我現在不能講電話。
➪ I can't talk to you now.
愛肯特 透克 兔 優 惱

你是哪一位？
➪ Who is calling, please?
乎 意思 摳林 普利斯

track 35

你介意等一下再打電話過來嗎？

➪ Would you mind calling back later?

屋揪兒　麥得　摳林　貝克　淚特

我聽不清楚你說什麼。

➪ I can't hear you very well.

愛 肯特 ㄏ一爾 優 肥瑞 威爾

什麼？我聽不見你說什麼。

➪ What? I can't hear you.

華特 愛 肯特 ㄏ一爾 優

抱歉這麼晚才來接電話。

➪ I'm sorry for the delay.

愛門 蒐瑞 佛 勒 滴淚

track 36

Unit 3 請來電者稍候

請稍等。

Hold on, please.

厚得　忘　普利斯

DIALOG 會話練習

A：嗨，艾咪嗎？我是彼得。
Hi, Amy? This is Peter.
嗨　艾咪　利斯　意思　彼得

B：嗨，彼得。你好嗎？
Hi, Peter. How are you doing?
嗨　彼得　好　阿　優　督引

A：不錯。約翰在嗎？
Not bad. Is John around?
那　貝特　意思　強　婀壯

B：是的，他在。請等一下。
Yes, he is. Hang on, please.
夜司　ㄏ一　意思　和　忘　普利斯

A：謝謝！
Thank you.
山揪兒

track 36

不客氣！
B：No problem.
弄　撲拉本

PRACTICE 相關用語

等一下。
➩ Wait a moment.
位特 ㄜ 摩門特

請等一下。
➩ Just a minute, please.
賈斯特 ㄜ 咪逆特　普利斯

能請你稍等一下嗎？
➩ Would you wait a moment, please?
屋揪兒　位特 ㄜ 摩門特　普利斯

你介意稍等一下嗎？
➩ Would you mind holding for one minute?
屋揪兒　麥得　厚得引　佛　萬　咪逆特

請稍等不要掛斷電話。
➩ Hold the line, please.
厚得　勒 來恩　普利斯

能請你稍等不要掛斷電話嗎？
➩ Could you hold the line, please?
苦揪兒　厚得　勒　來恩　普利斯

你能再等一下不要掛斷電話嗎？

➪ Could you hold for another minute?

苦揪兒　厚得　佛　ㄟ哪耳　咪逆特

你能等一下不要掛斷電話嗎？

➪ Can you hold?

肯　優　厚得

請別掛斷電話好嗎？

➪ Would you like to hold?

屋揪兒　賴克　兔　厚得

請別掛斷電話好嗎？

➪ Would you like to hang on?

屋揪兒　賴克　兔　和　忘

謝謝你的等待。

➪ Thank you for waiting.

山揪兒　佛　位聽

我要接一下電話。

➪ I have got a call.

愛　黑夫　咖　ㄜ　摳

track 37

Unit 4 代接電話

我看看他在不在。

Let me see if he is in.

勒 密 吸 一幅 ㄏ一 意思 引

DIALOG 會話練習

A：我是彼得。艾瑞克在嗎？
This is Peter calling. Is Eric around?
利斯 意思 彼得 摳林 意思 艾瑞克 婀壯

B：我看看他在不在。
Let me see if he is in.
勒 密 吸 一幅 ㄏ一 意思 引

A：謝謝你。
Thank you.
山揪兒

B：他還在講電話。
He's still on the phone.
ㄏ一斯 斯提歐 忘 勒 封

1 3 4

A：可以請你轉告他先接我的電話嗎？
Would you tell him to answer my call?
屋揪兒 太耳 恨 兔 安色 買 摳

好的。請等一下。
B：OK. Wait a moment, please.
OK 位特 ㄜ 摩門特 普利斯

PRACTICE 相關用語

我去叫他。
➪ I'll get him.
愛我 給特 恨

我來看看他有沒有空！
➪ Let me see if he is available.
勒 密 吸 一幅 ㄏ一 意思 A肥樂伯

你可以過幾分鐘再打來看看。
➪ You can try again in a few minutes.
優 肯 踹 愛乾 引 ㄜ 否 咪逆疵

他正忙線中。
➪ He's on another line.
ㄏ一斯 忘 ㄟ哪耳 來恩

他正在忙線中。
➪ He's busy with another line.
ㄏ一斯 逼日 位斯 ㄟ哪耳 來恩

電話忙線中，請別掛斷電話好嗎？
➪ The line is busy, would you like to hang on?
勒 來恩 意思 逼日 屋揪兒 賴克 兔 和 忘

你要和哪一個湯姆說話？

⇨ Which Tom do you want to talk to?

會區 湯姆 賭 優 忘特 兔 透克 兔

你知道他的分機嗎？

⇨ Do you know his extension?

賭 優 弄 ㄏ一斯 一絲坦訓

他現在正在開會中。

⇨ He's in a meeting now.

ㄏ一斯 引 ㄜ 密挺引 惱

他現在有訪客。

⇨ He has company at this time.

ㄏ一 黑資 康噴泥 ㄟ 利斯 太ㄇ

他現在正在忙。

⇨ He's tied up at the moment.

ㄏ一斯 太的 阿鋪 ㄟ 勒 摩門特

他今天休假。

⇨ He's off today.

ㄏ一斯 歐夫 特得

他在午休時間。

⇨ He's on lunch break.

ㄏ一斯 忘 濫去 不來客

track 37

他外出去吃午餐。

➪ He's out to lunch.

厂一斯 凹特 兔 濫去

他現在不在座位上。

➪ He's not at his desk now.

厂一斯 那 ㄟ 厂一斯 戴斯克 惱

他剛出去。

➪ He just went out.

厂一 賈斯特 問特 凹特

約翰在 1 線。

➪ John is on line one.

強 意思 忘 來恩 萬

track 38

Unit 5 回電

你昨晚有打電話給我嗎？

Did you call me last night?

低　優　摳　密　賴斯特　耐特

DIALOG 會話練習

A：喂？
Hello?
哈囉

B：嗨，彼得，我是崔西。
Hi, Peter, this is Tracy.
嗨　彼得　利斯　意思　崔西

A：嗨，崔西。有事嗎？
Hi, Tracy. What's up?
嗨　崔西　華資　阿鋪

B：你昨晚有打電話給我嗎？
Did you call me last night?
低　優　摳　密　賴斯特　耐特

A：喔，對。聽著，我現在有一點忙。
Oh, yeah. Look, I'm kind of busy now.
喔　訝　路克　愛門　砍特　歐夫　逼日　惱

B：沒關係！等你有空再打電話給我。
It's OK. Call me when you are available.
依次 OK 摳 密 昏 優 阿 A肥樂伯

PRACTICE 相關用語

我剛好要打電話給你。
➪ I was just about to call you.
愛 瓦雌 賈斯特 せ保特 兔 摳 優

我現在回你電話。
➪ I'm returning your call.
愛門 瑞疼引 幼兒 摳

謝謝你回我電話。
➪ Thank you for returning my call.
山揪兒 佛 瑞疼引 買 摳

沒關係。我晚一點再打電話給他。
➪ That's all right. I'll try to call him later.
類茲 歐 軟特 愛我 踹 兔 摳 恨 淚特

我晚一點再試一次（打電話）。
➪ I'll try again later.
愛我 踹 愛乾 淚特

我會回他的電話。
➪ I'll return his call.
愛我 瑞疼 ㄏ一斯 摳

track 38

那我應該什麼時候回電？

➪ When should I call back then?

昏 秀得 愛 摳 貝克 蘭

我可以十分鐘後再打電話過來嗎？

➪ Can I call again in 10 minutes?

肯 愛 摳 愛乾 引 天 咪逆疵

你能告訴他我來電過嗎？

➪ Would you tell him I called?

屋揪兒 太耳 恨 愛 摳的

我是崔西。轉告他我有打電話過來。

➪ This is Tracy. Please tell him I called.

利斯 意思 崔西 普利斯 太耳 恨 愛 摳的

我會請他回你電話。

➪ I'll have him call you back.

愛我黑夫 恨 摳 優 貝克

track 39

Unit 6 轉接電話

我會幫你轉接過去。

I'll put you through.

愛我 鋪 優 輸入

DIALOG 會話練習

A：能幫我轉接電話給約翰嗎？
Could you put me through to John?
苦揪兒 鋪 密 輸入 免 強

B：請問你的大名？
Who is calling, please?
乎 意思 摳林 普利斯

A：我是彼得．瓊斯。
This is Peter Jones.
利斯 意思 彼得 瓊斯

B：好的，我會幫你轉接過去。
OK, I'll put you through.
OK 愛我 鋪 優 輸入

A：謝謝你。
Thank you.
山揪兒

track 39

不客氣。請稍候。

B：Sure. Hold on a second, please.

秀　厚得　忘　士　誰肯　普利斯

PRACTICE 相關用語

我會幫你轉接電話。

➪ I'll transfer your call.

愛我　穿私佛　幼兒　摳

我會幫你轉接電話。

➪ I'll connect you.

愛我　卡耐特　優

我幫你轉接電話。

➪ I'm transferring your call.

愛門　穿私佛 乳因　幼兒　摳

我幫你轉接電話。

➪ I'm redirecting your call.

愛門　瑞得瑞聽　幼兒　摳

我現在就幫你轉接電話過去。

➪ I'm connecting you now.

愛門　卡耐特引　優　惱

我把電話轉給他。

➪ I'll put him on.

愛我　鋪　恨　忘

track 39

我會幫你轉接電話給他。

➩ I'll transfer your call to him.

愛我 穿私佛　幼兒　摳　兔　恨

我會幫你轉到分機 114。

➩ I'll connect you to extension 114.

愛我 卡耐特　優　兔　一絲坦訓　萬萬佛

我要轉接你的電話給誰？

➩ How may I direct your call?

好　美　愛　得瑞特　幼兒　摳

track 40

詢問來電者身分

您是哪位？

Who is this?

乎　意思　利斯

DIALOG 會話練習

A：我能和布朗先生講電話嗎？

May I talk to Mr. Brown?

美　愛透克　兔　密斯特　布朗

track 40

B：您是哪位？
Who is this?
乎 意思 利斯

A：我是彼得．瓊斯。
This is Peter Jones.
利斯 意思 彼得 瓊斯

B：我會幫你轉接電話。
I'll transfer your call.
愛我 穿私佛 幼兒 摳

C：喂？
Hello?
哈囉

A：(你是)布朗先生嗎？
Mr. Brown?
密斯特 布朗

C：請說！
Keep going.
機舖 勾引

PRACTICE 相關用語

請問您的大名？
⇨ May I ask who is calling?
美 愛愛斯克 乎 意思 摳林

請問您的大名？

➪ May I know who is calling?

美 愛 弄 乎 意思 摳林

請問您的大名？

➪ Who is calling, please?

乎 意思 摳林 普利斯

我正在跟誰講話呢？

➪ Whom am I speaking with?

呼名 M 愛 司批慶 位斯

我要說是誰來電？

➪ Who should I say is calling?

乎 秀得 愛 塞 意思 摳林

請問您的大名？

➪ May I have your name, please?

美 愛 黑夫 幼兒 捏嗯 普利斯

那麼您是？

➪ And you are?

安揪兒 阿

您是瓊斯先生嗎？

➪ Are you Mr. Jones?

阿 優 密斯特 瓊斯

您是…？

➪ You are...?

優 阿

track 41

Unit 8 記下電話留言

要我記下留言嗎？

May I take a message?

美　愛　坦克　ㄜ　　妹西居

DIALOG 會話練習

A：嗨，我是艾咪。我能和約翰講電話嗎？
Hi, this is Amy. May I speak to John?
嗨　利斯 意思 艾咪　　美　愛　司批客　兔　強

B：他還在電話中。
He's still on the phone.
ㄏ一斯　斯提歐　忘　勒　封

A：不會吧！
Oh, no.
喔　弄

B：要我記下留言嗎？
May I take a message?
美　愛　坦克 ㄜ　妹西居

❶❹❻ A：只要告訴他把他的銷售報告寄給我。
Just tell him to send me his sales report.
賈斯特　太耳　恨　兔　善的　密　ㄏ一斯　賽爾斯　蕊破特

沒問題！
B：No problem.
弄　撲拉本

PRACTICE 相關用語

我來記下留言。
➪ Let me take a message.
勒　密　坦克　ㄜ　妹西居

要我轉達什麼給他嗎？
➪ What do you want me to tell him?
華特　賭　優　忘特　密　兔　太耳　恨

你要留言嗎？
➪ Would you like to leave a message?
屋揪兒　賴克　兔　力夫　ㄜ　妹西居

你有要留言嗎？
➪ Do you have any message?
賭　優　黑夫　安尼　妹西居

有沒有要留言？
➪ Is there any message?
意思　淚兒　安尼　妹西居

我來寫下你的留言。
➪ Let me write down your message.
勒　密　瑞特　黨　幼兒　妹西居

track 41

你要他回你電話嗎？

➪ Do you want him to return your call?

賭 優 忘特 恨 兔 瑞疼 幼兒 摳

他知道你的電話號碼嗎？

➪ Does he have your phone number?

得斯 ㄏㄧ 黑夫 幼兒 封 拿波

他要怎麼和你聯絡？

➪ How can he get a hold of you?

好 肯 ㄏㄧ 給特 ㄜ 厚得 歐夫 優

track 42

Unit 9 代為轉達

我可以留言嗎？

May I leave a message?

美 愛 力夫 ㄜ 妹西居

DIALOG 會話練習

1 4 8 A：哈囉，我能和約翰講電話嗎？

Hello, may I speak to John?

哈囉 美 愛 司批客 兔 強

他正忙線中。
B：He's on another line.
厂一斯 忘 乀哪耳 來恩

我可以留言嗎？
A：May I leave a message?
美 愛 力夫 さ 妹西居

好的。
B：Sure.
秀

請告訴他回我電話。
A：Please ask him to call me back.
普利斯 愛斯克 恨 兔 摳 密 貝克

PRACTICE 相關用語

我能留言給他嗎？
➪ Could I leave him a message?
苦 愛 力夫 恨 さ 妹西居

能請你告訴他彼得打過電話嗎？
➪ Would you tell him Peter called, please?
屋揪兒 太耳 恨 彼得 摳的 普利斯

請轉告他 IBM 的約翰來電。
➪ Please tell him John from IBM called.
普利斯 太耳 恨 強 防 IBM 摳的

track 42

你能請他打電話到 2419 給馬克嗎？

➪ Would you ask him to call Mark at 2419?

屋揪兒 愛斯克 恨 兔 摳 馬克 ㄟ 凸佛萬耐

請他打電話到 2419 給我。

➪ Have him call me at 2419.

黑夫 恨 摳 密 ㄟ 凸佛萬耐

下午三點鐘以後，打電話到 2419 給我。

➪ Call me at 2419, after three pm.

摳 密 ㄟ 凸佛萬耐 せ副特 樹裡 pm

告訴他盡快回我電話。

➪ Tell him to give me a call as soon as possible.

太耳 恨 兔 寄 密 ㄜ 摳 ㄟ斯 訓 ㄟ斯 趴色伯

請告訴他回我電話。

➪ Please tell him to return my call.

普利斯 太耳 恨 兔 瑞疼 買 摳

我的電話號碼是 2419。

➪ My phone number is 2419.

買 封 拿波 意思 凸佛萬耐

告訴他我有來電就好了！

➪ Just tell him I called.

賈斯特 太耳 恨 愛 摳的

track 43

Unit 10 打錯電話

你一定撥錯電話號碼了。

You must have the wrong number.

優　妹司特　黑夫　勒　弄　拿波

DIALOG 會話練習

A：我能和約翰講電話嗎？
May I speak to John?
美 愛 司批客 兔 強

B：你是要找哪位呀？
Who are you trying to reach?
乎 阿 優 踹引 兔 瑞區

A：約翰・懷特。
John White.
強 懷特

B：你一定是打錯電話了。
You must have the wrong number.
優 妹司特 黑夫 勒 弄 拿波

A：這裡是 2419 嗎？
Is this 2419?
意思 利斯 凸佛萬耐

B：是啊，但這裡沒有這個人。
Yes, but there is no one here by that name.
夜司 霸特 派兒 意思 弄 萬 ㄏ一爾 百 類 捏嗯

PRACTICE 相關用語

你恐怕撥錯電話了。
➪ I'm afraid you've got the wrong number.
愛門 哀福瑞特 優夫 咖 勒 弄 拿波

你打幾號？
➪ What number are you dialing?
華特 拿波 阿 優 帶兒引

你打幾號？
➪ What number are you trying to reach?
華特 拿波 阿 優 踹引 兔 瑞區

這裡沒有這個人。
➪ There is no one here by that name.
派兒 意思 弄 萬 ㄏ一爾 百 類 捏嗯

這裡沒有彼得這個人。
➪ There is no Peter here.
派兒 意思 弄 彼得 ㄏ一爾

track 43

我打錯電話號碼了嗎？

➪ Do I have the wrong number?

賭 愛 黑夫 勒 弄 拿波

我撥的電話是 2419。

➪ I'm calling 2419.

愛門 摳林 凸佛萬耐

這是 2419 嗎？

➪ Is this 2419?

意思 利斯 凸佛萬耐

Chapter 4

購物用語

track 44

Unit 1 逛街

我只是隨便看看。

I'm just looking.

愛門　賈斯特　　路克引

DIALOG 會話練習

A：需要我的幫忙嗎？
May I help you with something?
美　愛黑耳ㄆ　優　位斯　　桑性

B：不用，謝謝！我只是隨便看看。
No, thanks. I'm just looking.
弄　山克斯　愛門　賈斯特　路克引

A：您慢慢看。
Take your time.
坦克　幼兒　太ㄇ
如果您需要任何幫忙，就告訴我一聲。
If you need any help, just let me know.
一幅　優　尼的　安尼　黑耳ㄆ　賈斯特　勒　密　弄

B：好的。
Sure.
秀

track 44

PRACTICE 相關用語

我們去逛街吧！
➪ Let's go shopping.
辣資 購 夏冰

你要和我一起去逛街嗎？
➪ Would you like to go shopping with me?
屋揪兒 賴克 兔 購 夏冰 位斯 密

我們去瞧一瞧那一間新開的書店。
➪ Let's go check that new bookstore out.
辣資 購 切客 類 紐 不克死同 凹特

我們要一起去逛一逛嗎？
➪ Shall we go window-shopping?
修 屋依 購 屋依斗 夏冰

我在想你是否可以和我一起去？
➪ I was wondering if you could go with me.
愛 瓦雌 王得因 一幅 優 苦 購 位斯 密

你要一起來嗎？
➪ Are you coming with me?
阿 優 康密因 位斯 密

你到底要不要來？
➪ Are you coming or not?
阿 優 康密因 歐 那

track 44

要一起來嗎？

➪ Do you want to come?

賭 優 忘特 兔 康

一起來嘛！我需要你的意見。

➪ Come with me. I need your advice.

康 位斯 密 愛 尼的 幼兒 阿得賣司

track 45

Unit 2 尋找特定商品

我對那些手套有興趣。

I'm interested in those gloves.

愛門 因雀斯特的 引 漏斯 葛辣福斯

DIALOG 會話練習

A：您想看些什麼？

What would you like to see?

華特 屋揪兒 賴克 兔 吸

B：我對那些手套有興趣。
I'm interested in those gloves.
愛門 因雀斯特的 引 漏斯 葛辣福斯

A：是要送給誰的禮物嗎？
Is it a present for someone?
意思 一特 ㄜ撲一忍特 佛 桑萬

B：是的，是給我女兒的。
Yes, it's for my daughter.
夜司 依次 佛 買 都得耳

A：在你的心裡有想好要什麼嗎？
Is there anything special in your mind?
意思 淚兒 安尼性 斯背秀 引 幼兒 麥得

B：我需要一雙紅色的手套。
I need a pair of red gloves.
愛尼的 ㄜ 拜耳 歐夫 瑞德 葛辣福斯

PRACTICE 相關用語

有沒有美國製造的紀念品？
➪ Are there any souvenirs made in the USA?
阿 淚兒 安尼 私佛逆耳斯 妹得 引 勒 惡斯 A

我想要買耳環。
➪ I want to buy the earrings.
愛忘特 免 百 勒 一耳乳因斯

我正在找一些裙子。

➩ I'm looking for some skirts.

愛門 路克引 佛 桑 史克斯

你們有紫色的帽子嗎？

➩ Do you have any purple hats?

賭 優 黑夫 安尼 ㄆ剖 黑特斯

你們有紅色的嗎？

➩ Do you have any red ones?

賭 優 黑夫 安尼 瑞德 萬斯

我要買送給我太太的禮物。

➩ I'd like to buy presents for my wife.

愛屋 賴克 兔 百 撲一忍斯 佛 買 愛夫

我在找一些要送給我女兒的禮物。

➩ I'm looking for some gifts for my daughter.

愛門 路克引 佛 桑 肌膚斯 佛 買 都得耳

全部就這些嗎？

➩ Is that all?

意思 類 歐

還有其他的嗎？

➩ Anything else?

安尼性 愛耳司

track 45

這不是我需要的。

➩ It's not what I need.

依次 那 華特 愛 尼的

我不是要找這一種。

➩ It's not what I'm looking for.

依次 那 華特 愛門 路克引 佛

我對這個有興趣。

➩ I'm interested in this one.

愛門 因雀斯特的 引 利斯 萬

你們有賣 LV 的手提包嗎？

➩ Do you carry LV handbags?

賭 優 卡瑞 LV 和的 背格斯

我在找同樣的花色。

➩ I'm looking for the same pattern.

愛門 路克引 佛 勒 桑姆 配特

track 46

Unit 3 參觀中意商品

給我看看那件黑色毛衣。

Show me that black

秀　　密　　類　　不來客

sweater.

司為特

DIALOG 會話練習

A：有找到您喜歡的東西了嗎？
Did you find something you like?
低　優 煩的　　桑性　　優　賴克

B：他們看起來都不錯。
They look nice.
勒　路克 耐斯

A：您喜歡哪一件？
Which one do you like?
會區　萬　睹　優　賴克

B：給我看看那件黑色毛衣。
Show me that black sweater.
秀　密　類 不來客　司為特

A：	您要找的就是這一種嗎？ Is this what you are looking for? 意思 利斯 華特 優 阿 路克引 佛
B：	是的，我要這一種。 Yes, I want this one. 夜司 愛 忘特 利斯 萬

PRACTICE 相關用語

我想看一些流行音樂 CD。
➪ I'd like to see some pop CDs.
愛屋 賴克 兔 吸 桑 怕破 CD 斯

我想看一些領帶。
➪ I'd like to see some ties.
愛屋 賴克 兔 吸 桑 太斯

我能看那些毛衣嗎？
➪ May I see those sweaters?
美 愛 吸 漏斯 司為特斯

我能看一看它們嗎？
➪ May I have a look at them?
美 愛 黑夫 さ 路克 ㄟ 樂門

能給我看一些不一樣的嗎？
➪ Can you show me something different?
肯 優 秀 密 桑性 低粉特

你可以推薦一些商品給我嗎？

➪ Can you recommend something for me?

肯 優 瑞卡曼得 桑性 佛 密

你們有沒有好一點的？

➪ Do you have anything better?

賭 優 黑夫 安尼性 杯特

給我看那支筆。

➪ Show me that pen.

秀 密 類 盼

那些裙子看起來不錯。

➪ Those skirts look great.

漏斯 史克斯 路克 鬼雷特

track 47

Unit 4 商品樣式、顏色

你們有粉紅色的嗎？

Do you have any ones

賭 優 黑夫 安尼 萬斯

in pink?

引 品克

DIALOG 會話練習

A：他們都是新品。
They are new arrivals.
勒 阿 紐 阿瑞佛斯

B：我可以拿起來(看看)嗎？
Can I pick it up?
肯 愛 批課 一特 阿鋪

A：好的，請便。黑色正在流行。
Yes, please. Black is in fashion.
夜司 普利斯 不來客 意思 引 肥訓

B：嗯，我不認為我太太會喜歡這個顏色。
Well, I don't think my wife would like this color.
威爾 愛 動特 施恩克 買 愛夫 屋 賴克 利斯 咖惹

A：您想要哪一個顏色？
What color do you like?
華特 咖惹 賭 優 賴克

B：你們有粉紅色的嗎？
Do you have any ones in pink?
賭 優 黑夫 安尼 萬斯 引 品克

A：我們只有紅色的。
We only have red ones.
屋依 翁裡 黑夫 瑞德 萬斯

PRACTICE 相關用語

我不喜歡這個樣式。
➩ I don't like this style.
愛動特 賴克 利斯 史太耳

你不覺得太流行了嗎？
➩ Don't you think it's too fashionable?
動特 優 施恩克 依次 兔 肥訓耐伯

你們有什麼樣式？
➩ What kind of styles do you have?
華特 砍特 歐夫 史太耳斯 賭 優 黑夫

這是舊款嗎？
➩ Is it an old model?
意思 一特 恩 歐得 媽朵

track 47

這個我喜歡。
➪ It looks perfect to me.
一特 路克斯 ㄆ肥特 兔 密

這不是我的風格。
➪ This is not my style.
利斯 意思 那 買 史太耳

我偏好藍色的這些。
➪ I'd prefer the blue ones.
愛屋 埔里非 勒 不魯 萬斯

我在找黑色的襪子。
➪ I'm looking for the black socks.
愛門 路克引 佛 勒 不來客 薩克斯

紅色或粉紅色都可以。
➪ Both red and pink are OK.
伯司 瑞德 安 品克 阿 OK

有這個尺寸的其他顏色嗎？
➪ Do you have this size in any other colors?
賭 優 黑夫 利斯 曬斯 引 安尼 阿樂 咖惹斯

track 48

Unit 5 尺寸

我的尺寸是 12 號。

My size is 12.

買　曬斯　意思　退而夫

DIALOG 會話練習

A：這有好多種尺寸。
This comes in several sizes.
利斯　康斯　引　色佛若　曬斯一斯

B：你們有什麼尺寸？
What sizes do you have?
華特 曬斯一斯　睹　優　黑夫

A：您穿幾號，12 號嗎？
What size do you wear — a twelve?
華特　曬斯　睹　優　威爾　ㄜ 退而夫

B：我的尺寸是 12 號或 14 號。
My size is twelve or fourteen.
買　曬斯　意思　退而夫　歐　佛聽

track 48

我可以幫您量。

A：I can measure you up.

愛肯 沒準 優 阿鋪

您的尺寸是 14 號。

Your size is fourteen.

幼兒 曬斯 意思 佛聽

PRACTICE 相關用語

有沒有其他尺寸？

➪ Any other sizes?

安尼 阿樂 曬斯一斯

有八號嗎？

➪ Are there any size eights?

阿 淚兒 安尼 曬斯 ㄟ特斯

我的尺寸是介於 8 號和 7 號之間。

➪ My size is between 8 and 7.

買 曬斯 意思 逼吹 ㄟ特 安 塞門

我要大尺寸的。

➪ I want the large size.

愛 忘特 勒 辣居 曬斯

這是小號的，而我穿中號的。

➪ It's a small and I wear a medium.

依次 ㄜ 斯摩爾 安 愛 威爾 ㄜ 咪低耳

你們有這一種小號的嗎？

➪ Do you have this one in small size?

賭 優 黑夫 利斯 萬 引 斯摩爾 曬斯

請給我中號。

➪ Medium, please.

咪低耳 普利斯

給我 8 號。

➪ Give me size 8.

寄 密 曬斯 ㄟ特

(給我)黑色的 8 號尺寸。

➪ Size 8 in black.

曬斯 ㄟ特引 不來客

我不知道我的尺寸。

➪ I don't know my size.

愛動特 弄 買 曬斯

可以幫我量一下尺寸嗎？

➪ Could you measure me, please?

苦揪兒 沒準 密 普利斯

這個尺寸我可以嗎？

➪ Is this the right size for me?

意思 利斯 勒 軟特 曬斯 佛 密

track 49

Unit 6 不中意商品

我不喜歡這個款式。

I don't like this style.

愛　動特　賴克　利斯　史太耳

DIALOG 會話練習

A：這些帽子您覺得如何呢？
What do you think of these hats?
華特　賭　優　施恩克　歐夫　利斯　黑特斯

B：我不喜歡這個款式。
I don't like this style.
愛 動特 賴克 利斯 史太耳

A：那這個呢？
How about this one?
好　世保特 利斯　萬

B：好像有些老氣。
It seems a little old-fashioned.
一特 西米斯 ㄜ 裡頭 歐得　肥訓的

A：抱歉，我們只有這些。
Sorry, that's all we have.
蒐瑞　類茲　歐 屋依 黑夫

track 49

喔，太可惜了！
B：Oh, that's too bad.
喔　類茲　兔　貝特

PRACTICE 相關用語

我不喜歡這一個。
➩ I dislike this one.
愛 低思賴克 利斯 萬

有沒有其他顏色？
➩ Any other color?
安尼　阿樂　咖惹

有沒有紅色的？
➩ Do you have any red ones?
賭　優　黑夫 安尼 瑞德 萬斯

我不喜歡藍色。
➩ I don't like blue.
愛 動特 賴克 不魯

尺寸不對。
➩ It's not the right size.
依次 那 勒 軟特 曬斯

我不想要這個款式。
➩ I don't want this style.
愛 動特　忘特 利斯 史太耳

track 49

我討厭這個款式。

➪ I hate this style.

愛黑特 利斯 史太耳

我不喜歡這個顏色。

➪ I don't like the color.

愛動特 賴克 勒 咖惹

我不喜歡這種顏色。

➪ I don't prefer this kind of color.

愛動特 埔里非 利斯 砍特 歐夫 咖惹

顏色太豐富了。

➪ It's too colorful.

依次 兔 咖惹佛

有沒有暗一點的顏色？

➪ Do you have any darker ones?

賭 優 黑夫 安尼 達克耳 萬斯

可以給我看顏色亮一些的嗎？

➪ Could you show me some brighter ones?

苦揪兒 秀 密 桑 不來特耳 萬斯

track 50

Unit 7 試穿衣服

我可以試穿嗎？
Can I try it on?
肯　愛　踹　一特　忘

DIALOG 會話練習

A：也許您想要一件藍色襯衫。
Maybe you would like a blue shirt.
美批　優　屋　賴克 ㄜ 不魯　秀得

B：我想這就是我要的。
I think that's what I want.
愛 施恩克　類茲　華特　愛 忘特

A：它們如何？它們搭配起來不錯。
How about them? They look great together.
好　ㄝ保特　樂門　勒　路克 鬼雷特　特給樂

B：我可以試穿嗎？
Can I try it on?
肯 愛 踹 一特 忘

A：好啊！這邊請。
Sure. This way, please.
秀　利斯　位　普利斯

謝啦！
B：Thanks.
山克斯

PRACTICE 相關用語

我要試穿小號的。
➩ I'll try on a small.
愛我踹 忘ㄜ斯摩爾

我也可以試穿那一件嗎？
➩ May I try on that one too?
美 愛踹 忘 類 萬 兔

我想試穿這件外套，看看是否合身。
➩ I'd like to try this coat on and see if it fits.
愛屋 賴克 兔 踹 利斯 寇特 忘 安 吸 一幅 一特 ㄈ一斯

試衣間在哪裡？
➩ Where is the fitting room?
灰耳 意思 勒 ㄈ一ㄒ 入門

我可以試穿大一點的嗎？
➩ Could I try a larger one?
苦 愛 踹ㄜ 辣居兒 萬

我應該要試穿另一件大一點的。
➩ I should try another bigger one.
愛 秀得 踹 ㄟ哪耳 逼個兒 萬

我要試穿 8 號。

➪ I'll try on size 8.

愛我 踹 忘 曬斯 ㄟ特

我能試穿較小件的嗎？

➪ Can I try a smaller one?

肯 愛 踹 ㄜ 斯摩爾兒 萬

這個顏色有 8 號的嗎？

➪ Do you have this color in size 8?

賭 優 黑夫 利斯 咖惹 引 曬斯 ㄟ特

這些鞋子你有 7 號的嗎？

➪ Do you have these shoes in size 7?

賭 優 黑夫 利斯 休斯 引 曬斯 塞門

我需要 14 號。

➪ I need a fourteen.

愛 尼的 ㄜ 佛聽

這個尺寸可以。

➪ This size is fine.

利斯 曬斯 意思 凡

這是我的尺寸。

➪ This is my size.

利斯 意思 買 曬斯

track 50

我穿看起來不錯。

➪ It looks OK on me.

一特 路克斯 OK 忘 密

感覺不錯。

➪ It feels fine.

一特 非兒斯 凡

這個我喜歡。

➪ It looks perfect to me.

一特 路克斯 ㄆ肥特 兔 密

我不覺得這件好。

➪ I don't think this is good.

愛 動特 施恩克 利斯 意思 估的

你不覺得太寬鬆嗎？

➪ Don't you think it's too loose?

動特 優 施恩克 依次 兔 鷺鷥

腰部有一點緊。

➪ The waist was a little tight.

勒 威斯特 瓦雌ㄜ 裡頭 太

track 51

Unit 8 售價

這個要賣多少錢？

How much is it?

好 罵區 意思 一特

DIALOG 會話練習

A：我喜歡這一件。
I like this one.
愛賴克 利斯 萬

B：我們的特價只到下週。
Our sale will be continuing until next week.
凹兒 賽爾 我 逼 康踢女引 氚提爾 耐司特 屋一克

A：嗯，我要想一想。
Well, I have to think about it.
威爾 愛 黑夫 兔 施恩克 世保特 一特

B：那件毛衣真的很划算。
That sweater's a great buy.
類 司為特斯 ㄜ 鬼雷特 百

A：這個要賣多少錢？
How much is it?
好 罵區 意思 一特

要賣四百元。
B：It's four hundred dollars.
依次 佛 哼濁爾 搭樂斯

PRACTICE 相關用語

賣多少錢？
➪ How much?
好 罵區

那些蘋果要賣多少錢？
➪ How much are those apples?
好 罵區 阿 漏斯 廿婆斯

這個要賣多少錢？
➪ How much does it cost?
好 罵區 得斯 一特 寇斯特

你說要多少錢？
➪ How much did you say?
好 罵區 低 優 塞

價錢是多少？
➪ What is the price?
華特 意思 勒 不來斯

這台相機賣多少錢？
➪ What's the price for this camera?
華資 勒 不來斯 佛 利斯 卡麥拉

總共多少錢？

➪ How much is it together?

好 罵區 意思 一特 特給樂

我應該付多少錢？

➪ How much shall I pay for it?

好 罵區 修 愛 配 佛 一特

（買）這一件和那一件我應該付多少錢？

➪ How much shall I pay for this one and that one?

好 罵區 修 愛配 佛 利斯 萬 安 類 萬

這些總共多少錢？

➪ How much is it altogether?

好 罵區 意思 一特 歐特給樂

它太貴了。

➪ It's too expensive.

依次 兔 一撕半撕

這麼貴？

➪ So expensive?

蒐 一撕半撕

你不覺得太貴了嗎？

➪ Don't you think it's too expensive?

動特 優 施恩克 依次 兔 一撕半撕

track 51

我付不起。

➭ I can't afford it.

愛 肯特 A 佛得 一特

可以算便宜一點嗎？

➭ Can you lower the price?

肯 優 漏爾 勒 不來斯

你可以給我一些折扣嗎？

➭ Can you give me a discount?

肯 優 寄 密 ㄜ 低思考特

買兩支可以有折扣吧？

➭ Is there a discount for two?

意思 淚兒 ㄜ 低思考特 佛 凸

能給我九折嗎？

➭ Can you give me a 10 percent discount?

肯 優 寄 密 ㄜ 天 波勝 低思考特

如果我買它們，可以算便宜一點嗎？

➭ Can you lower the price a bit if I buy them?

肯 優 漏爾 勒 不來斯 ㄜ 畢特 一幅 愛 百 樂門

可以算便宜一點嗎？

➭ Can you make it cheaper?

肯 優 妹克 一特 去波爾

track 51

可以便宜兩百元嗎？

➪ Can you lower it two hundred dollars?

肯 優 漏爾 一特 凸 哼濁爾 搭樂斯

可以算五千元嗎？

➪ How about five thousand dollars?

好 せ保特 肥福 騷忍 搭樂斯

track 52

Unit 9 購買

我要買小的。

I'll take the small ones.

愛我 坦克 勒 斯摩爾 萬斯

DIALOG 會話練習

A：那些柳橙要多少錢？

How much are the oranges?

好 罵區 阿 勒 歐寧居斯

B：這些嗎？

These?

利斯

track 52

A：不是，是小的。
No, the small ones.
弄　勒　斯摩爾 萬斯

B：喔，那些喔！四個賣八十(元)。
Oh, those. They are four for eighty.
喔　漏斯　　勒　阿　佛　佛　ㄟ踢

A：那麼那些大的要多少錢？
And the large ones – how much are they?
安　勒　辣居　萬斯　　好　罵區　阿　勒

B：每一個廿元。
Twenty dollars each.
湍踢　　搭樂斯　一區

A：好。我要買小的。
OK, I'll take the small ones.
OK 愛我 坦克　勒　斯摩爾　萬斯

PRACTICE 相關用語

我要買。
➪ I'll take it.
愛我 坦克 一特

我要買這一件。
➪ I'll take this one.
愛我 坦克 利斯 萬

我要買那些。

➪ I'll take those.

愛我 坦克 漏斯

我要買這些。

➪ I'll take these.

愛我 坦克 利斯

我要買這一件。

➪ I'll get this one.

愛我 給特 利斯 萬

兩個我都要。

➪ I want both of them.

愛 忘特 伯司 歐夫 樂門

我要買這兩個。

➪ I want two of these.

愛 忘特 凸 歐夫 利斯

不要，我這次不買。

➪ No, I'll pass this time.

弄 愛我 怕斯 利斯 太ㄇ

這次先不要買。

➪ Not for this time.

那 佛 利斯 太ㄇ

track 52

我不需要。

➩ I don't need any.

愛動特 尼的 安尼

改天我可以用同樣的價格來買嗎？

➩ Can I have a rain check?

肯 愛 黑夫ㄜ 瑞安 切客

也許我等一下會買。

➩ Maybe I'll buy it later.

美批 愛我 百 一特 淚特

我要問問我太太的意見。

➩ I need to ask my wife's advice.

愛尼的 兔 愛斯克 買 愛夫斯 阿得賣司

我喜歡，可是我沒有帶足夠的錢。

➩ I love it, but I didn't bring enough money.

愛勒夫 一特 霸特 愛低等 鋪印 A那夫 曼尼

track 53

Unit 10 付款

我要用現金付款，麻煩你了！

Cash, please.

客需　　　　普利斯

DIALOG 會話練習

A：我要買它。
I'll take it.
愛我 坦克 一特

B：好的。還有要看其他的嗎？
OK. Anything else?
OK　安尼性　愛耳司

A：沒有，就這些。
No, that's all.
弄　類茲　歐

B：總共兩百元。
That would be two hundred dollars.
類　屋　逼 凸　哼濁爾　搭樂斯

A：好的。
OK.
OK

track 53

B：您要用什麼方式付款？
How would you like to pay for it?
好 屋摳兒 賴克兔 配 佛 一特

A：我要用現金付款，麻煩你了。
Cash, please.
客需 普利斯

PRACTICE 相關用語

用信用卡(付款)，麻煩你了。
➪ Credit card, please.
魁地特 卡 普利斯

我要付現金。
➪ I'll pay it by cash.
愛我 配 一特 百 客需

你們接受信用卡付款嗎？
➪ Do you accept credit cards?
賭 優 阿賽波特 魁地特 卡斯

我可以用 VISA 卡嗎？
➪ Can I use VISA?
肯 愛 又司 V 灑

你們接受萬事達卡嗎？
➪ Do you take Master?
賭 優 坦克 賣斯特

Easy English

Chapter

5 人際關係用語

track 54

Unit 1 關心病人

你最好要多休息。

You'd better get some rest.

優的 杯特 給特 桑 瑞斯特

DIALOG 會話練習

A：怎麼啦？
What's the matter?
華資 勒 妹特耳

B：我昨天扭傷我的腳踝。
I sprained my ankle yesterday.
愛四不安的 買 恩客 夜司特得

A：你有去看醫生嗎？
Did you see a doctor?
低 優 吸 さ 搭特兒

B：有啊，琳達有帶我去醫院。
Yes, Linda took me to the hospital.
夜司 琳達 兔克 密 兔 勒 哈斯批透

你最好要多休息。

A：You'd better get some rest.

優的　杯特 給特　桑　瑞斯特

PRACTICE 相關用語

你現在覺得如何？

➪ How arc you feeling now?

好　阿　優　非寧　惱

你的腿還好吧？

➪ How is your leg?

好 意思 幼兒 類格

你覺得很好嗎？

➪ Are you feeling OK?

阿　優　非寧　OK

你聽起來真的生病了。

➪ You really sound sick.

優 瑞兒裡　桑得　西客

你的臉色看起來糟透了！

➪ You look terrible.

優　路克　太蘿蔔

你看起來臉色蒼白。

➪ You look pale.

優　路克 派耳

你的狀況看起來不太好。

➪ You don't look very well.

優 動特 路克 肥瑞 威爾

你最好回家。

➪ You'd better go home.

優的 杯特 購 厚

你最好躺下。

➪ You need to lie down.

優 尼的 兔 賴 黨

試著睡覺吧！

➪ Try to get some sleep.

踹 兔 給特 桑 私立埔

在床上多躺躺休息幾天。

➪ Stay in bed for a few days.

斯得 引 杯的 佛 ㄜ 否 得斯

你有看醫生嗎？

➪ Did you see a doctor?

低 優 吸 ㄜ 搭特兒

你怎麼不乾脆回家？

➪ Why don't you just go home?

壞 動特 優 賈斯特 購 厚

track 54

你怎麼不吃些阿斯匹靈？

➪ Why don't you take some aspirin?

壞 動特 優 坦克 桑 阿斯匹靈

讓我幫你叫救護車。

➪ Let me call an ambulance for you.

勒 密 摳 恩 安鋪勒斯 佛 優

track 55

Unit 2 生病

我覺得糟透了！

I feel awful.

愛 非兒 臥佛

DIALOG 會話練習

你現在覺得如何？

A：How do you feel now?

好 賭 優 非兒 惱

我覺得糟透了！

B：I feel awful.

愛 非兒 臥佛

發生什麼事了？
A：What's the matter?
華資 勒 妹特耳

我的腳好痛！
B：My leg hurts.
買 類格 赫ㄘ

你應該躺在床上的。
A：You should stay in bed.
優 秀得 斯得 引 杯的

我等一下就要去看醫生。
B：I'm going to see a doctor later.
愛門 勾引 兔 吸 ㄜ 搭特兒 淚特

PRACTICE 相關用語

我感覺糟透了。
➪ I feel terrible.
愛 非兒 太蘿蔔

我覺得不舒服。
➪ I'm not feeling well.
愛門 那 非寧 威爾

我不舒服。
➪ I don't feel well.
愛 動特 非兒 威爾

track 55

我的喉嚨痛。

➪ My throat hurts.

買　輸囉　赫ㄘ

我的肩膀痛。

➪ My shoulder hurts.

買　秀得爾　赫ㄘ

我頭痛。

➪ I've got a headache.

愛夫 咖 ㄜ 黑得客

我胃痛。

➪ I've got a stomachache.

愛夫 咖 ㄜ 斯搭妹客

我發燒了。

➪ I have a fever.

愛 黑夫 ㄜ 非佛

我感冒了。

➪ I have the flu.

愛 黑夫 勒 福路

我得了重感冒。

➪ I have a bad cold.

愛 黑夫 ㄜ 貝特 寇得

我覺得痛。

➪ I'm in pain.

愛門 引 片

我扭傷了。

➪ I'm injured.

愛門 飲酒的

我扭傷手指。

➪ I sprained my finger.

愛 四不安的 買 分葛

好痛。

➪ It hurts.

一特 赫ㄘ

我需要看醫生。

➪ I need to see a doctor.

愛 尼的 兔 吸 ㄊ 搭特兒

track 56

Unit 3 安撫情緒

真是遺憾！

Sorry to hear that.

蒐瑞　兔　ㄏ一爾　類

DIALOG 會話練習

A： 怎麼啦？
What happened?
華特　黑噴的

B： 艾瑞克死了。
Eric is dead.
艾瑞克 意思 爹的

A： 喔，我的天啊！怎麼發生的？
Oh, my God. How did it happen?
喔　買　咖的　好　低 一特 黑噴

B： 是車禍。
It's a car accident.
依次 ㄜ 卡　A 色等的

A： 真是遺憾！
Sorry to hear that.
蒐瑞　兔 ㄏ一爾 類

PRACTICE 相關用語

難為你了。

➪ It's not easy for you.

依次 那 一日 佛 優

事情很快就會過去的。

➪ It's going to be over soon.

依次 勾引 兔 逼 歐佛 訓

上帝會保佑你。

➪ God bless you.

咖的 不來絲 優

不要擔心。

➪ Don't worry about it.

動特 窩瑞 せ保特 一特

太糟糕了！

➪ That's too bad.

類茲 兔 貝特

真是可惜！

➪ What a pity.

華特 さ 批替

track 56

太可怕了！

➪ That's terrible.

類茲　太蘿蔔

這是難免的。

➪ It happens.

一特 黑噴斯

這種事老是發生。

➪ It happens all the time.

一特 黑噴斯　歐 勒　太ㄇ

不要這麼難過。

➪ Don't be so sad.

動特　逼 蒐 塞的

真是悲哀！

➪ It's pathetic.

依次 ㄆ捨踢嗑

track 57

Unit 4 不要生氣

冷靜點！

Calm down.

康母 黨

DIALOG 會話練習

A：你不會相信這件事的。
You're not going to believe it.
優矮 那 勾引 兔 逼力福 一特

B：你說說看啊！
Tell me.
太耳 密

A：大衛和有夫之婦有染。
David has taken up with a married woman.
大衛 黑資 坦克恩 阿鋪 位斯 ㄜ 妹入特 屋賣せ

B：真的？
Really?
瑞兒裡

A：可惡！
Shit!
序特

track 57

冷靜點！

B：Calm down.

康母　黨

PRACTICE 相關用語

放輕鬆。

➪ Just relax.

賈斯特 瑞理司

想想辦法解決啊！

➪ Do something.

睹　桑性

不可能。

➪ It's impossible.

依次 因趴色伯

稍微放輕鬆一下啦！

➪ Take it easy for a while.

坦克 一特 一日 佛ㄜ 壞兒

算了啦！

➪ Forget it.

佛給特 一特

算了吧！

➪ Just let it be.

賈斯特 勒 一特 逼

不要慌張！

➪ Don't panic.

動特　潘尼克

不要失去理智。

➪ Don't lose your mind.

動特　路濕　幼兒　麥得

不要這麼生氣。

➪ Don't be so angry.

動特　逼　蒐　安鬼

沒有幫助的！

➪ It doesn't help.

一特　得任　黑耳ㄆ

不是你的錯！

➪ It's not your fault.

依次　那　幼兒　佛特

真令人失望！

➪ What a let down!

華特　ㄜ　勒　黨

這太離譜了！

➪ That is going too far!

類特　意思　勾引　兔　罰

track 57

看開一點。

➪ Don't take it so hard.

動特 坦克 一特 蒐 哈得

我為你感到遺憾！

➪ I'm really sorry for you.

愛門 瑞兒裡 蒐瑞 佛 優

不要責備你自己。

➪ Don't blame yourself.

動特 不藍 幼兒塞兒夫

不可能吧！

➪ It can't be!

一特 肯特 逼

不可能是真的吧！

➪ It can't be true.

一特 肯特 逼 楚

沒什麼大不了的！

➪ No big deal.

弄 逼個 低兒

事情總會解決的。

➪ It'll work out.

一我 臥克 凹特

track 58

Unit 5 提出問題

我可以問你一個問題嗎？

May I ask you a question?

美　愛 愛斯克　優　ㄜ　魁私去

DIALOG 會話練習

A：怎麼啦？
What's going on?
華資　勾引　忘

B：我們不知道他發生什麼事了！
We didn't know what happened to him.
屋依　低等　弄　華特　黑噴的　兔　恨

A：所以你們大家就跑開了？
So you guys just ran away?
蒐　優　蓋斯　賈斯特　潤　ㄟ為

B：是啊！我們就這麼做啦！
Yes. That's what we've done.
夜司　類茲　華特　為夫　檔

A：嗯…我可以問你一個問題嗎？
Well... may I ask you a question?
屋依　美　愛 愛斯克 優 ㄜ　魁私去

track 58

B：當然可以！什麼事？
Sure. What is it?
秀 華特 意思 一特

PRACTICE 相關用語

你有什麼問題嗎？
➪ What's your problem?
華資 幼兒 撲拉本

有關這件事你覺得呢？
➪ What do you think about it?
華特 賭 優 施恩克 世保特 一特

你的想法是什麼？
➪ What's your opinion?
華資 幼兒 阿批泥恩

你怎麼說呢？
➪ What would you say?
華特 屋揪兒 塞

你怎麼會知道的？
➪ How did you know?
好 低 優 弄

你不知道，對嗎？
➪ You don't know, do you?
優 動特 弄 賭 優

所以呢？
➪ So?
蒐

有問題嗎？
➪ Any questions?
安尼　魁私去斯

有問題嗎？
➪ Something wrong?
桑性　弄

目前為止你喜歡嗎？
➪ How do you like it so far?
好　賭　優　賴克　一特　蒐　罰

還有事嗎？
➪ Anything else?
安尼性　愛耳司

我有一個問題！
➪ I have a question.
愛　黑夫　ㄜ　魁私去

你知道我在說什麼嗎？
➪ Do you know what I'm talking about?
賭　優　弄　華特　愛門　透ㄍ一因　ㄝ保特

你知道我的意思嗎？

➪ Do you know what I mean?

賭 優 弄 華特 愛 密

你在說什麼啊！

➪ What are you talking about?

華特 阿 優 透ㄍ一ㄙ せ保特

你想證明什麼？

➪ What are you trying to prove?

華特 阿 優 踹引 兔 埔夫

你想說什麼？

➪ What are you trying to say?

華特 阿 優 踹引 兔 塞

track 59

Unit 6 解決問題

你不想想辦法嗎？

Aren't you going to do something?

阿特　優　勾引　免　睹　桑性

DIALOG 會話練習

A：我沒有聯絡約翰。
I didn't contact John.
愛低等　抗特的　強

B：為什麼沒有？
Why not?
壞　那

A：我不知道他現在人在哪裡。
I don't know where he is now.
愛動特　弄　灰耳　ㄏㄧ　意思　惱

B：你不想想辦法嗎？
Aren't you going to do something?
阿特　優　勾引　免　睹　桑性

我現在應該做什麼？

A： What should I do now?

華特　秀得　愛賭　惱

PRACTICE 相關用語

你為什麼不解決問題？

➪ Why don't you work it out?

壞　動特　優　臥克　一特　凹特

就盡你所能吧！

➪ Do your best.

賭　幼兒　貝斯特

動動腦想一想！

➪ Use your head.

又司　幼兒　黑的

這是你的決定。

➪ It's your decision.

依次　幼兒　低日訓

這是你的責任。

➪ It's your responsibility.

依次　幼兒　瑞斯旁捨批樂踢

聽聽我的建議吧！

➪ Take my advice.

坦克　買　阿得賣司

你最好休假。

➪ You'd better take a vacation.

優的　杯特　坦克 ㄊ　肥肯遜

你應該吃點東西。

➪ You should eat something.

優　秀得　一特　桑性

你真的應該搬出去。

➪ You really ought to move out.

優　瑞兒裡　嘔特　兔　木副　凹特

你不應該工作得這麼辛苦。

➪ You shouldn't work so hard.

優　秀等特　臥克　蒐　哈得

再試一次。

➪ Try again.

踹　愛乾

我們何不出去吃晚餐？

➪ Why don't we go out for dinner?

壞　動特 屋依 購 凹特 佛　丁呢

我們何不出去走走？

➪ Why don't we go for a walk?

壞　動特 屋依 購 佛 ㄊ 臥克

track 59

我們何不開車出去兜兜風？

➪ Why don't we go for a drive?

壞 動特 屋依 購 佛 ㄜ 轉夫

要不要和我出去晃晃？

➪ How about hanging out with me?

好 ㄝ保特 和引 凹特 位斯 密

 track 60

Unit 7 解決糾紛

他不是故意的。

He didn't mean it.

ㄏㄧ 低等 密 ㄧ特

DIALOG 會話練習

他好無禮啊！

A：He was so rude.

ㄏㄧ 瓦雌 蒐 入的

他做了什麼事？

B：What did he do?

華特 低 ㄏㄧ 賭

他試著要闖進我家。

A：He tried to break into my house.

厂一 踹的 兔 不來客 引兔 買 號斯

他不是故意的。

B：He didn't mean it.

厂一 低等 密 一特

什麼嘛！

A：What?

華特

PRACTICE 相關用語

別這樣嘛！

➪ Come on.

康 忘

聽我說！

➪ Listen to me.

樂身 兔 密

這是個意外。

➪ It's an accident.

依次 恩 A 色等的

事情不是你所想像的那樣。

➪ It's not what you thought.

依次 那 華特 優 收特

track 60

我有一個主意。

➪ I have an idea.

愛 黑夫 恩 愛滴兒

事情會有辦法解決的。

➪ It'll all work out.

一我歐 臥克 凹特

那值得一試。

➪ It's worth a shot.

依次 臥施 ㄜ 下特

我會試著做。

➪ I'll try.

愛我 踹

你真的不知道，對嗎？

➪ You really don't know about it, do you?

優 瑞兒裡 動特 弄 せ保特 一特 賭 優

由你自己決定。

➪ It's up to you.

依次 阿鋪 兔 優

又不是世界末日！

➪ It's not the end of the world.

依次 那 勒 安的 歐夫 勒 臥得

track 61

Unit 8 理解

我瞭解了！

I see.

愛 吸

DIALOG 會話練習

A：我應該怎麼做？
What shall I do?
華特 修 愛 賭

B：做你應該做的事。
Do what you have to do.
賭 華特 優 黑夫 兔 賭

A：也許我應該打電話給她。
Maybe I should call her.
美批 愛 秀得 摳 喝

B：我就是這個意思。
It's what I meant.
依次 華特 愛 密特

A：我瞭解了。
I see.
愛 吸

track 61

B：很好！

Good.

估的

PRACTICE 相關用語

懂嗎？

➪ See?

吸

你有在聽嗎？

➪ Hello?

哈囉

你懂我意思嗎？

➪ Are you following me?

阿 優 發樓引 密

你不瞭解嗎？

➪ Can't you see?

肯特 優 吸

懂嗎？

➪ Get the picture?

給特 勒 披丘

你瞭不瞭解？

➪ Do you understand?

賭 優 骯得史丹

你懂嗎？

➪ Do you get it?

賭　優 給特 一特

你不懂嗎？

➪ Don't you get it?

動特　優 給特 一特

清楚嗎？

➪ Is that clear?

意思 類 克里兒

我瞭解你的感受。

➪ I know how you feel.

愛 弄　好　優 非兒

我理解。

➪ I understand.

愛 骯得史丹

我完全瞭解。

➪ I completely understand.

愛 抗舖特里　骯得史丹

我懂你在說什麼。

➪ I know what you are saying.

愛 弄　華特 優 阿 塞引

我瞭解你的意思了。

➪ I got you.

愛 咖 優

我瞭解你的意思。

➪ I'm with you.

愛門 位斯 優

那倒提醒我了。

➪ That reminds me.

類 瑞買斯 密

我已經被告知了。

➪ I have been told.

愛 黑夫 兵 透得

track 62

Unit 9 談論天氣

真的很熱！

It's really hot.

依次　瑞兒裡　哈特

DIALOG 會話練習

A：我回來了。
I'm back.
愛門 貝克

B：你的約會如何啦？
How was your date?
好 瓦雌 幼兒 得特

A：不錯！
Not bad.
那 貝特

B：事情都還好吧？
How is everything coming?
好 意思 哀複瑞性 康密因

A：喔，不錯。外面的天氣如何？
Oh, fine. What's the weather like out there?
喔 凡 華資 勒 威樂 賴克 凹特 淚兒

很差！真的很熱！

B：Terrible. It's really hot.

太蘿蔔　依次 瑞兒裡 哈特

PRACTICE 相關用語

外面的天氣如何？

➪ What's the weather like out there?

華資　勒　威樂　賴克 凹特　淚兒

天氣會如何？

➪ What's the weather going to be like?

華資　勒　威樂　勾引　兔 逼　賴克

天氣真是難以預測。

➪ The weather is completely unpredictable.

勒　威樂　意思 抗舖特里　骯普力地特婆

天氣真好，對嗎？

➪ Beautiful day, isn't it?

逼丟佛　得　一任 一特

雨下得很大。

➪ It's raining really hard.

依次 瑞安引 瑞兒裡　哈得

很冷。

➪ It's cold.

依次 寇得

冷斃了！

➪ It's chilly.

依次 七里

天氣很冷。

➪ It's freezing.

依次 福利 z 引

下了一整天的雨！

➪ It rained all day long.

一特 瑞安的 歐 得 龍

又冷又下雨。

➪ It's cold and rainy.

依次 寇得 安 瑞安泥

風太大了。

➪ It's too windy.

依次 兔 屋低

外面熱得跟火爐似的。

➪ It's burning up out there.

依次 婆泥 阿鋪 凹特 淚兒

天氣冷又陰沉。

➪ It's chilly and gloomy.

依次 七里 安 股路咪

track 62

外面的空氣真是寒冷！

➪ The air outside is chilly.

勒 愛爾 四賽 意思 七里

我們剛遇到了一場傾盆大雨。

➪ We had a downpour.

屋依 黑的 ㄜ 黨 婆爾

天氣真糟糕！

➪ What lousy weather!

華特 老日 威樂

天氣真好！

➪ What lovely weather.

華特 勒夫裡 威樂

星期一有可能會下雨嗎？

➪ Is it supposed to rain on Monday?

意思 一特 捨破斯的 兔 瑞安 忘 慢得

這個星期天氣很熱。

➪ It's hot this weekend.

依次 哈特 利斯 屋一肯特

track 63

Unit 10 談論家人

你有小孩嗎？

Do you have any children?

賭 優 黑夫 安尼 丘准兒

DIALOG 會話練習

A：他們是誰？
Who are they?
乎 阿 勒

B：(他們是)我的姪子！
My nephews!
買 乃佛斯

A：你有小孩嗎？
Do you have any children?
賭 優 黑夫 安尼 丘准兒

B：我有一個小男孩和一個小女孩。
I have a little boy and a little girl.
愛 黑夫 ㄜ 裡頭 伯乙 安 ㄜ 裡頭 哥樓

A：真的嗎？
Really?
瑞兒裡

track 63

B：這是他們的照片。
Here is their picture.
ㄏㄧ爾 意思 淚兒 披丘

PRACTICE 相關用語

你有小孩嗎？
➪ Do you have any kids?
賭 優 黑夫 安尼 ㄎㄧ資

你有兄弟姊妹嗎？
➪ Do you have any brothers or sisters?
賭 優 黑夫 安尼 不阿得兒斯 歐 西斯特斯

你兒子幾歲？
➪ How old is your son?
好 歐得 意思 幼兒 桑

你的寶貝幾歲？
➪ How old is your baby?
好 歐得 意思 幼兒 卑疵

你的小女兒幾歲？
➪ How old is your little girl?
好 歐得 意思 幼兒 裡頭 哥樓

你有多少小孩？
➪ How many kids do you have?
好 沒泥 ㄎㄧ資 賭 優 黑夫

track 63

你有多少兄弟姊妹？

➪ How many siblings do you have?

好　沒泥　西婆林斯　睹　優　黑夫

你和父母一起住嗎？

➪ Do you live with your parents?

睹　優　立夫　位斯　幼兒　配潤斯

我家有四個人。

➪ We are a family of four.

屋依　阿　ㄜ　非摸寧　歐夫　佛

我是家裡年紀最小的。

➪ I'm the youngest in my family.

愛門　勒　羊葛斯特　引　買　非摸寧

我是家裡唯一的小孩。

➪ I'm the only child in my family.

愛門　勒　翁裡　踹耳得　引　買　非摸寧

track 64

Unit 11 談論興趣

我要去慢跑。

I'm going jogging.

愛門　勾引　價經

DIALOG 會話練習

你要去哪裡？
A：Where are you heading off to?
灰耳　阿　優　黑丁　歐夫 兔

我要去慢跑。你呢？
B：I'm going jogging. How about you?
愛門 勾引　價經　好　世保特　優

我今晚有場籃球賽。
A：I've got a basketball game tonight.
愛夫 咖　ㄜ　貝斯機伯　給門　特耐

真的？我也是。
B：Really? So do I.
瑞兒裡　蒐　賭　愛

對了，你喜歡橄欖球嗎？
A：By the way, do you like football?
百　勒　位　賭　優　賴克 復特伯

B：我不熱衷。
I'm not crazy about it.
愛門 那 虧理 せ保特 一特

PRACTICE 相關用語

我喜歡看電影。
➪ I love movies.
愛 勒夫 母米斯

我喜歡航海。
➪ I love sailing.
愛 勒夫 賽兒引

我最喜歡的運動是游泳。
➪ My favorite sport is swimming.
買 肥佛瑞特 斯破特 意思 司溫命引

我最喜歡的音樂是鄉村樂。
➪ My favorite music is country music.
買 肥佛瑞特 謬日克 意思 康吹 謬日克

我最喜歡的歌手是 Celine Dion。
➪ My favorite singer is Celine Dion.
買 肥佛瑞特 西忍 意思 西琳 狄翁

我喜歡在週末爬山。
➪ I like to climb mountains on weekends.
愛 賴克 兔 課來伯 貓疼的斯 忘 屋一肯斯

track 64

我看電視籃球賽。

➪ I watch basketball on TV.

愛 襪區 貝斯機伯 忘 踢飛

我每個星期都有打網球。

➪ I play tennis every week.

愛 鋪派 天尼斯 世肥瑞 屋一克

你喜歡爵士樂嗎？

➪ Do you like jazz?

賭 優 賴克 爵士

我對爵士樂有興趣。

➪ I'm interested in listening to Jazz.

愛門 因雀斯特的 引 樂身因 兔 爵士

我對運動沒興趣。

➪ I'm not interested in sports.

愛門 那 因雀斯特的 引 斯破特斯

我對運動不太有興趣。

➪ I'm not too interested in sports.

愛門 那 兔 因雀斯特的 引 斯破特斯

我喜歡戶外生活。

➪ I like to spend my time outdoors.

愛 賴克 兔 死班 買 太ㄇ 凹斗斯

track 64

我喜歡和朋友窩在一起。

➪ I like to spend my time with friends.

愛賴克 兔 死班 買 太ㄇ 位斯 富懶得撕

track 65

Unit 12 建立交情

要我幫你帶什麼嗎？

Can I get you anything?

肯 愛 給特 優 安尼性

DIALOG 會話練習

A：我好累！
I'm really tired.
愛門 瑞兒裡 太兒的

B：你看起來糟透了！
You look terrible.
優 路克 太蘿蔔

A：這附近哪裡有賣咖啡？
Where can I get a cup of coffee around here?
灰耳 肯 愛 給特 ㄜ 卡鋪 歐夫 咖啡 婀壯 ㄏ一爾

B：街角有一間咖啡館。
There is a coffee shop on the corner.
淚兒 意思 ㄜ 咖啡 夏普 忘 勒 摳呢

A：要我幫你帶什麼嗎？
Can I get you anything?
肯 愛 給特 優 安尼性

B：可以幫我帶一杯卡布奇諾嗎？
Could you bring me a Cappuccino?
苦揪兒 鋪印 密 ㄜ 卡布奇諾

PRACTICE 相關用語

你要什麼？
➩ What do you want?
華特 賭 優 忘特

你要什麼？
➩ What would you like?
華特 屋揪兒 賴克

你呢？
➩ How about you?
好 ㄝ保特 優

只要讓我知道就好。
➩ Just let me know.
賈斯特 勒 密 弄

track 65

我可以幫你。

➪ I could do it for you.

愛 苦 賭 一特 佛 優

我可以幫你。

➪ I can help you.

愛 肯 黑耳ㄆ 優

我要怎麼幫你？

➪ How can I help you?

好 肯 愛 黑耳ㄆ 優

你可以依賴我。

➪ You can count on me.

優 肯 考特 忘 密

我來處理就好！

➪ Allow me.

阿樓 密

track 66

Unit 13 邀請

你要一起來嗎？

Do you want to come along?

賭　優　忘特　免　康　A 弄

DIALOG 會話練習

A：嗨，各位好嗎？
Hey, how are you guys doing?
嘿　好　阿　優　蓋斯　督引

B：很好！你呢？
Great. How about you?
鬼雷特　好　世保特　優

A：不錯啊！
Pretty good.
撲一替　估的

B：是這樣的，我們今晚要出去吃披薩。
Listen, we're going out for pizza tonight.
樂身　屋阿　勾引　凹特　佛　匹薩　特耐

C：是啊！你要一起來嗎？
Yeah, do you want to come along?
訝 賭 優 忘特 免 康 A弄

A：我真的很想去，但是我有其他事。
I'd really like to, but I have other plans.
愛屋 瑞兒裡 賴克 兔 霸特 愛 黑夫 阿樂 不蘭斯

C：嗯，那就改天吧！
Hmm... maybe some other time.
嗯 美批 桑 阿樂 太ㄇ

PRACTICE 相關用語

一起來嘛！
➪ Come on.
康 忘

和我們一起去吧！
➪ Come with us.
康 位斯 惡斯

一起來吧！
➪ Let's go.
辣資 購

要和我們一起來嗎？
➪ Wanna come along with us?
望難 康 A弄 位斯 惡斯

你(們)要和我們一起來嗎？

➩ How about coming with us?

好 世保特 康密因 位斯 惡斯

你(們)要來嗎？

➩ Do you want to come over?

賭 優 忘特 兔 康 歐佛

你(們)要加入我們嗎？

➩ Would you like to join us?

屋揪兒 賴克 兔 糾引 惡斯

你(們)要參加或退出？

➩ In or out?

引 歐 凹特

你(們)要看電影嗎？

➩ Would you like to see a movie?

屋揪兒 賴克 兔 吸 ㄜ 母米

你(們)要不要參加我的派對？

➩ Would you like to come to my party?

屋揪兒 賴克 兔 康 兔 買 趴提

要和我一起去吃晚餐嗎？

➩ How about having dinner with me?

好 世保特 黑夫因 丁呢 位斯 密

今晚要一起出去吃晚餐嗎？

➪ Do you wanna go out for dinner tonight?

賭　優　望難　購 凹特 佛　丁呢　特耐

你覺得和我一起去看電影如何？

➪ What do you say to seeing a movie with me?

華特　賭　優 塞 兔　吸引 ㄊ　母米　位斯　密

我被邀請去參加艾瑞克的宴會。

➪ I'm invited to Eric's party.

愛門 印賣提特 兔 艾瑞克斯 趴提

好好玩吧！

➪ Have fun!

黑夫　放

今天玩得高興嗎？

➪ Did you have a good time today?

低　優　黑夫 ㄊ 估的　太ㄇ　特得

track 67

Unit 14 回應邀請

我有其他計畫了。

I have other plans.

愛　黑夫　阿樂　不蘭斯

DIALOG 會話練習

你現在在忙嗎？
A：Busy now?
逼日　惱

不會啊！
B：Not at all.
那　ㄟ　歐

這個週末你有空嗎？
A：Do you have any plans this weekend?
賭　優　黑夫　安尼　不蘭斯　利斯　屋一肯特

這個週末？嗯，我不知道耶！
B：This weekend? Well, I don't know.
利斯　屋一肯特　威爾　愛　動特　弄

要和我一起去看電影嗎？
A：Would you like to go to a movie with me?
屋揪兒　賴克　兔　購　兔　ㄜ　母米　位斯　密

B：嗯，我很想答應，但是我有其他計畫了。
Well, I'd love to, but I have other plans.
威爾 愛屋 勒夫 兔 霸特 愛 黑夫 阿樂 不蘭斯

A：好，那就改天吧！
OK. Maybe some other time.
OK 美批 桑 阿樂 太ㄇ

PRACTICE 相關用語

好！
➪ Fine.
凡

好！
➪ OK.
OK

沒問題！
➪ No problem.
弄 撲拉本

不用，謝謝！
➪ No, thanks.
弄 山克斯

我想答應，但是我恐怕無法答應。
➪ I'd love to, but I'm afraid I can't.
愛屋 勒夫 兔 霸特 愛門 哀福瑞特 愛 肯特

我會再告訴你。

➪ I'll let you know.

愛我 勒 優 弄

改天吧！

➪ Maybe some other time.

美批 桑 阿樂 太ㄇ

嗯，可以改成下個星期嗎？

➪ Well, could you make it next week?

威爾 苦揪兒 妹克 一特 耐司特 屋一克

我們可以另外約時間嗎？星期天如何？

➪ Could we make it another time, say, Sunday?

苦 屋依 妹克 一特 ㄟ哪耳 太ㄇ 塞 桑安得

好啊！為什麼不要？

➪ Sure. Why not?

秀 壞 那

好啊！什麼時間？

➪ Sure. What time?

秀 華特 太ㄇ

聽起來不錯！

➪ That sounds good.

類 桑斯 估的

track 67

好主意！

➪ Good idea.

估的 愛滴兒

應該不錯。

➪ That would be fine.

類 屋 逼 凡

track 68

Unit 15 感到高興

恭喜你！

Congratulations.

康鬼居勒訓斯

DIALOG 會話練習

A： 嗨，彼得。你好嗎？
Hi, Peter. How are you doing?
嗨 彼得 好 阿 優 督引

B： 還不錯。你知道嗎？我找到工作了。
Pretty good. Guess what? I've found a job.
撲一替 估的 給斯 華特 愛夫 方的 己 假伯

A：恭喜你！
Congratulations.
康鬼居勒訓斯

B：我們好好來慶祝一下。
Let's really celebrate.
辣資 瑞兒裡 塞樂伯特

A：當然好。我們何不出去吃晚餐？我請客。
Sure. How about having dinner ? I'll treat.
秀 好 世保特 黑夫因 丁呢 愛我 楚一特

B：好啊！我們走！
OK. Let's go.
OK 辣資 購

PRACTICE 相關用語

我為你感到高興。
➪ I'm glad for you.
愛門 葛雷得 佛 優

對你來說很好。
➪ Good for you.
估的 佛 優

聽起來不錯。
➪ It sounds great.
一特 桑斯 鬼雷特

我很高興你這麼說。

➪ I'm glad you say so.

愛門 葛雷得 優 塞 蒐

真高興聽見這件事。

➪ I'm so glad to hear that.

愛門 蒐 葛雷得 兔 ㄏ一爾 類

我為你感到非常高興。

➪ I'm really happy for you.

愛門 瑞兒裡 黑皮 佛 優

那對你有好處。

➪ That's good for you.

類茲 估的 佛 優

那是好消息。

➪ That's good news.

類茲 估的 紐斯

好到令人不敢相信是真的。

➪ That's too good to be true.

類茲 兔 估的 兔 逼 楚

你真是幸運。

➪ You're so lucky.

優矮 蒐 辣雞

我們來慶祝一下。

➪ Let's celebrate.

辣資　塞樂伯特

也許我們應該要慶祝一下。

➪ Maybe we should celebrate it.

美批　屋依　秀得　塞樂伯特　一特

我們去喝一杯。

➪ Let's go for a drink.

辣資 購　佛 ㄜ 朱因克

乾杯！

➪ Toast.

頭司特

track 69

Unit 16 小道消息

你聽說我們的事了嗎？

Did you hear about us?

低　優　ㄏㄧ爾　ㄝ保特　惡斯

DIALOG 會話練習

A：嘿，你聽說我們的事了嗎？
Hey, did you hear about us?
嘿　低　優　ㄏㄧ爾　ㄝ保特　惡斯

B：你們怎麼啦？
What happened to you?
華特　黑噴的　兔　優

A：崔西和我分手了。
Tracy and I were broken up.
崔西　安　愛　我兒　不羅肯　阿舖

B：真的？什麼時候的事？
Really? Since when?
瑞兒裡　思恩思　昏

A：兩個星期前。
Two weeks ago.
凸　屋一克斯　A購

track 69

真是遺憾！
B：I'm sorry to hear that.
愛門 蒐瑞 兔 ㄏㄧ爾 類

PRACTICE 相關用語

你有聽說發生什麼事了嗎？
➩ Did you hear what happened?
低 優 ㄏㄧ爾 華特 黑噴的

你知道那件事了嗎？
➩ Did you know that thing?
低 優 弄 類 性

你知道嗎？
➩ You know what?
優 弄 華特

你猜發生什麼事！
➩ Guess what?
給斯 華特

你一定不會相信！
➩ You're not going to believe it.
優矮 那 勾引 兔 逼力福 一特

你應該已經知道了！
➩ You should have known it.
優 秀得 黑夫 那 一特

我不知道耶！
➪ I don't know.
愛 動特　弄

我都不知道耶！
➪ I have no idea.
愛 黑夫 弄 愛滴兒

你怎麼會知道的？
➪ How do you know about it?
好　賭　優　弄　世保特 一特

你可以保守秘密嗎？
➪ Can you keep a secret?
肯　優　機鋪 ㄜ 西鬼特

我已經被告知了！
➪ I've been told.
愛夫　兵　透得

是事實嗎？
➪ Is it true?
意思 一特 楚

我不相信。
➪ I can't believe it.
愛 肯特 逼力福 一特

不會吧！
➪ It can't be.
一特 肯特 逼

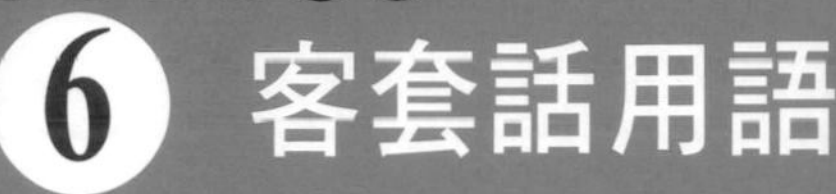

Chapter 6 客套話用語

track 70

Unit 1 附和對方

我都可以。

It's fine with me.

依次 凡 位斯 密

DIALOG 會話練習

A：嗨，約翰！你要去哪裡？
Hi, John. Where are you going?
嗨 強 灰耳 阿 優 勾引

B：我要去看電影。
I'm going to see a movie.
愛門 勾引 兔 吸 ㄜ 母米

A：是喔！
I see.
愛 吸

B：你要來嗎？
Would you like to come?
屋揪兒 賴克 兔 康

A：我願意。
I'd love to.
愛屋 勒夫 兔

B：太好了。也可以邀請杰生去嗎？
Great. Is it OK to invite Jason too?
鬼雷特 意思 一特 OK 免 印賣特 杰生 免

A：好啊，我都可以。
Sure, it's fine with me.
秀 依次 凡 位斯 密

PRACTICE 相關用語

喔，是喔？
➩ Oh, yeah?
喔 訝

真的？
➩ Really?
瑞兒裡

當然啊！
➩ You bet.
優 貝特

不錯啊！
➩ This is good.
利斯 意思 估的

很好！
➩ Great.
鬼雷特

當然！

➪ Of course.

歐夫 寇斯

你是對的。

➪ You're right.

優矮 軟特

你說了就算。

➪ You're the boss.

優矮 勒 伯斯

還用得著你說。

➪ You're telling me.

優矮 太耳因 密

這是事實。

➪ It's true.

依次 楚

毫無疑問。

➪ No doubt about it.

弄 套特 世保特 一特

隨便你！

➪ Whatever you say!

華特A模 優 塞

track 70

不管啦！

➪ Whatever!

華特 A 模

不用在意啦！

➪ Never mind.

耐摩　麥得

我想是吧！

➪ I guess so.

愛給斯　蒐

你真的這樣認為？

➪ You really think so?

優　瑞兒裡　施恩克　蒐

沒什麼大不了的。

➪ It's no big deal.

依次　弄　逼個　低兒

很難說啊！

➪ It's hard to say.

依次　哈得　兔　塞

讓我想想。

➪ Let me see.

勒　密　吸

track 71

Unit 2 反問

你不這麼認為嗎？

Don't you think so?

動特　優　施恩克　蒐

DIALOG 會話練習

A：你怎麼啦？
What happened to you?
華特　黑噴的　兔　優

B：為什麼這麼問？
Why?
壞

A：你為什麼不接受他的提議？
Why don't you accept his offer?
壞　動特　優 阿賽波特 ㄏ一斯 阿佛

B：這不是我的計畫。
It's not my plan.
依次 那 買　不蘭

A：這是很好的交易。你不這麼認為嗎？
It's a good deal. Don't you think so?
依次 ㄜ 估的 低兒　動特　優　施恩克 蒐

track 71

B：絕對不是。
Absolutely not.
A 破色路特裡 那

PRACTICE 相關用語

你覺得呢？
➪ What do you say?
華特 賭 優 塞

你覺得呢？
➪ What do you think?
華特 賭 優 施恩克

你的想法呢？
➪ What's your opinion?
華資 幼兒 阿批泥恩

你在想什麼？
➪ What's in your mind?
華資 引 幼兒 麥得

為什麼？
➪ Why?
壞

誰說的？
➪ Says who?
塞斯 乎

看吧！

➪ See?

吸

你真的這麼認為？

➪ You really think so?

優 瑞兒裡 施恩克 蒐

你剛剛說什麼？

➪ What did you just say?

華特 低 優 賈斯特 塞

你不同意嗎？

➪ Don't you agree?

動特 優 阿鬼

track 72

Unit 3 結束話題

我要走了。

I've got to leave.

愛夫　咖　兔　力夫

DIALOG 會話練習

A：我已經聽說你的事了。
I've heard about your story.
愛夫 喝得 世保特 幼兒 斯兜瑞

B：是啊，我別無選擇。
Yeah, I've no choice.
訝　愛夫 弄 丘以私

A：我不敢相信這件事會發生在你身上。
I can't believe it happens to you.
愛 肯特 逼力福 一特 黑噴斯 兔 優

B：不用在意啦！
Never mind.
耐摩 麥得

A：好了，我要走了。
OK, I've got to leave.
OK 愛夫 咖 兔 力夫

再見囉！
B：See you soon.
吸 優 訓

PRACTICE 相關用語

我要回去工作了。
➪ I've got to get back to work.
愛夫 咖 兔 給特 貝克 兔 臥克

唔，我真的必須走了！
➪ Well, I really need to be going.
威爾 愛瑞兒裡 尼的 兔 逼 勾引

能和你談話真好。
➪ It was nice talking to you.
一特 瓦雌 耐斯 透ㄍ一因 兔 優

我想你一定還有其他的事要做。
➪ I'm sure you've got other things to do.
愛門 秀 優夫 咖 阿樂 性斯 兔 賭

好了，下次再和你聊。
➪ OK, talk to you later.
OK 透克 兔 優 淚特

保重。
➪ Take care.
坦克 卡耳

track 72

祝你有個愉快的週末。

➩ Have a nice weekend.

黑夫 ㄜ 耐斯 屋一肯特

喔，時間過得真快！

➩ Oh, look at the time!

喔 路克 ㄟ 勒 太ㄇ

就先這樣囉！

➩ I'll let you go now.

愛我勒 優 購 惱

track 73

Unit 4 模稜兩可的回答

有可能是！

It could be.

一特 苦 逼

DIALOG 會話練習

2
5
4

你覺得這部電影如何？

A：What do you think of the movie?

華特 賭 優 施恩克 歐夫 勒 母米

B：很棒！我很高興你有邀請我。
It was terrific. I'm glad you invited me.
一特 瓦雌 特瑞非課 愛門 葛雷得 優 印賣提特 密

A：哇，要下雨了。
Wow, it's going to be raining.
哇 依次 勾引 兔 逼 瑞安引

B：有可能是！
It could be.
一特 苦 逼

A：快一點，我們回家吧！
Come on, let's go home.
康 忘 辣資 購 厚

PRACTICE 相關用語

是有可能！
➪ Maybe.
美批

不完全是！
➪ Not exactly.
那 一日特里

我猜是這樣吧！
➪ I guess so.
愛給斯 蒐

我不是很確定。

➪ I'm not so sure.

愛門 那 蒐 秀

我希望如此。

➪ I hope so.

愛厚ㄆ 蒐

也是也不是。

➪ Yes and no.

夜司 安 弄

看情形！

➪ It depends.

一特 低盤斯

有一點。

➪ Kind of.

砍特 歐夫

有一點。

➪ Sort of.

蒐特 歐夫

track 74

Unit 5 讚美

幹得好！

Good job.

估的　假伯

DIALOG 會話練習

A：嘿，傑克，我回來囉！
Hey, Jack. I'm back.
嘿　傑克 愛門 貝克

B：事情都還好吧？
How is everything?
好 意思 哀複瑞性

A：不錯。我剛剛完成了年度的企畫書。
Fine. I just finished the annual plans.
凡　愛賈斯特 非尼續的 勒 安扭兒　不蘭斯

B：幹得好！那銷售計畫呢？
Good job. How about the sales plans?
估的 假伯　好　せ保特　勒　賽爾斯 不蘭斯

A：我剛剛寄給約翰了。
I just sent it to John.
愛賈斯特 善特 一特 兔 強

track 74

B：很棒！你真是幫了大忙。
Terrific. You've been really helpful.
特瑞非課　優夫　兵　瑞兒裡　黑耳佛

PRACTICE 相關用語

幹得好！
➪ Well done.
威爾　檔

做得好，小伙子！
➪ Well done, son.
威爾　檔　桑

我以你為榮。
➪ I'm proud of you.
愛門　撲勞的　歐夫　優

好小子！
➪ Good boy!
估的　伯乙

真可愛！
➪ So cute.
蒐　Q特

你表現得很好。
➪ You are doing well.
優　阿　督引　威爾

很好。

➪ Good.

估的

酷喔！

➪ Cool.

酷喔

真不錯！

➪ Excellent.

ㄟ色勒特

太好了！

➪ Fantastic.

凡特司踢課

真是棒！

➪ Wonderful.

王得佛

真棒！

➪ Awesome.

歐森

不錯嘛！

➪ Not bad!

那　貝特

track 74

不錯的衣服喔！

➪ Nice dress.

耐斯　吹斯

不錯的領帶喔！

➪ Nice tie.

耐斯　太

track 75

Unit 6 聊計畫

你今晚要做什麼？

What are you doing tonight?

華特　阿　優　督引　特耐

DIALOG 會話練習

A：你今晚要做什麼？

What are you doing tonight?

華特　阿　優　督引　特耐

B：沒什麼事。我要準備我去旅遊的事。

Not much. I have to get ready for my trip.

那　罵區　愛 黑夫 兔 給特 瑞底　佛 買 初一波

你什麼時候要離開？
A：When will you leave?
昏 我 優 力夫

禮拜一早上。
B：On Monday morning.
忘 慢得 摸寧

我們要出去吃晚餐。要來嗎？
A：We're going out for dinner. Wanna come?
屋阿 勾引 凹特 佛 丁呢 望難 康

不了，我不去！
B：No, thanks.
弄 山克斯

PRACTICE 相關用語

你今晚有事嗎？
➪ Do you have any plans for tonight?
賭 優 黑夫 安尼 不蘭斯 佛 特耐

你今晚有要做什麼事嗎？
➪ What are you going to do tonight?
華特 阿 優 勾引 兔 賭 特耐

你今晚想要做什麼事？
➪ What do you want to do tonight?
華特 賭 優 忘特 兔 賭 特耐

track 75

你今晚有要做什麼事嗎？

➪ Are you doing anything tonight?

阿 優 督引 安尼性 特耐

你今晚忙嗎？

➪ Are you busy tonight?

阿 優 逼日 特耐

你未來的計畫是什麼？

➪ What are your future plans?

華特 阿 幼兒 佛一求 不蘭斯

我有一個主意。

➪ I've got an idea.

愛夫 咖 恩 愛滴兒

今晚我有更好的事情可以做！

➪ I've got better things to do tonight.

愛夫 咖 杯特 性斯 兔 賭 特耐

我計畫下個星期去拜訪約翰。

➪ I'm planning to visit John next week.

愛門 不蘭引 兔咪Z特 強 耐司特 屋一克

也許我可以在下雨之前把庭院除草。

➪ Maybe I can get the yard mowed before it

美批 愛 肯 給特 勒 訝的 莫的 必佛 一特

rains.

瑞安斯

track 75

我們何不去聽音樂會？

➪ Why don't we go to a concert?

壞　動特 屋依 購 兔 ㄊ 康色特

我們去看棒球賽。

➪ Let's go to a baseball game.

辣資　購 兔 ㄊ 貝斯伯　給門

track 76

Unit 7 訝異

我真是不敢相信！

I can't believe it.

愛　肯特　逼力福　一特

DIALOG 會話練習

A：好香！
It smells good.
一特 斯賣爾斯 估的

B：我做了一個三明治。
I made a sandwich.
愛 妹得 ㄊ　三得位七

你自己做的？我真是不敢相信！
A：You did? I can't believe it.
優 低 愛 肯特 逼力福 一特

是啊！嚐嚐看吧！
B：Yeah, try it.
訝 踹 一特

嗯！真是好吃！
A：Mmm! It's delicious.
M 依次 低李秀斯

你喜歡嗎？
B：You like it?
優 賴克 一特

我當然喜歡。
A：Of course I do.
歐夫 寇斯 愛 賭

PRACTICE 相關用語

不可能！
➪ It's impossible.
依次 因趴色伯

喔，我的天啊！
➪ Oh, my God.
喔 買 咖的

track 76

真的嗎？
➩ Really?
瑞兒裡

不可能吧！
➩ It can't be.
一特 肯特 逼

你一定不會相信這件事！
➩ You're not going to believe this.
優矮 那 勾引 兔 逼力福 利斯

很訝異吧！
➩ Surprise!
色舖來斯

真是印象深刻！
➩ That's impressive.
類茲 引瀑來司夫

你在說什麼啊？
➩ What are you talking about?
華特 阿 優 透ㄍ一因 せ保特

你確定嗎？
➩ Are you sure about it?
阿 優 秀 せ保特 一特

你是認真的嗎？
➩ Are you serious?
阿 優 西瑞耳司

track 76

不是開玩笑的吧！

➪ No kidding!

弄 ㄎ一ㄒ

track 77

期待

你應得的。

You deserve it.

優 弟惹夫 一特

DIALOG 會話練習

A：我升遷了。
I've got a promotion.
愛夫 咖 ㄜ 婆莫訓

B：真的嗎？
Really?
瑞兒裡

A：是啊。你知道的，我很努力工作的。
Yes. You know, I work so hard.
夜司 優 弄 愛 臥克 蒐 哈得

B：我真為你感到高興。你應得的。
I'm so happy for you. You deserve it.
愛門 蒐 黑皮 佛 優 優 弟惹夫 一特

A：我們來慶祝一下。
Let's celebrate it.
辣資 塞樂伯特 一特

B：當然囉！
Of course.
歐夫 寇斯

PRACTICE 相關用語

你讓我很驕傲！
➩ You make me proud.
優 妹克 密 撲勞的

你真是天才。
➩ You're a genius.
優矮 ㄜ 居尼而斯

我信賴你。
➩ I trust you.
愛差司特 優

我相信你。
➩ I believe in you
愛逼力福 引 優

track 77

我很失望。

➩ I'm so disappointed.

愛門 蒐 低思按波一踢的

我覺得很沮喪。

➩ I feel frustrated.

愛 非兒 發司吹特的

善用你的天賦。

➩ Use your gift.

又司 幼兒 肌膚特

不要低估自己的能力。

➩ Don't underestimate yourself.

動特 骯得愛司特門特 幼兒塞兒夫

不要瞧不起自己。

➩ Don't put yourself down.

動特 鋪 幼兒塞兒夫 黨

你的雄心壯志在哪裡？

➩ Where is your ambition?

灰耳 意思 幼兒 阿門逼遜

我相信你可以辦得到的。

➩ I believe you can make it.

愛 逼力福 優 肯 妹克 一特

track 77

相信我，你是很棒的！

➪ Believe me, you are good.

逼力福　密　優　阿　估的

真是可惜啊！

➪ What a pity!

華特 ㄜ 批替

唉呀！真是太糟了啊！

➪ Gee, that's too bad!

基　類茲　兔　貝特

track 78

Unit 9 加油打氣

喔，不要這樣！

Oh, come on.

喔　康　忘

DIALOG 會話練習

A：你看起來很沮喪。

You look upset.

優　路克　阿鋪塞特

track 78

B：我被資遣了。
I was laid off.
愛瓦雌 累的 歐夫

A：喔，不要這樣！沒什麼大不了！
Oh, come on. It's no big deal.
喔 康 忘 依次 弄 逼個 低兒

B：不用試圖安慰我。
Don't try to comfort me.
動特 踹 兔 康佛特 密

A：你不能老這樣下去。
You can't go on like this.
優 肯特 購 忘 賴克 利斯

B：我知道！
I know.
愛 弄

PRACTICE 相關用語

高興點。
➪ Cheer up.
起兒 阿鋪

你試試看吧！
➪ You just need to try.
優 賈斯特 尼的 兔 踹

你可以辦得到的。

➪ You will make it.

優　我　妹克 一特

你可以辦得到。

➪ You can do it.

優　肯　賭 一特

別緊張。

➪ Take it easy.

坦克 一特 一日

不要讓我失望。

➪ Don't let me down.

動特　勒　密　黨

你要盡力。

➪ Do your best.

賭　幼兒　貝斯特

我們可以依賴你。

➪ We can count on you.

屋依 肯　考特　忘　優

我是和你同一陣線的。

➪ I'm with you.

愛門 位斯　優

對你而言是沒問題的，對吧？

➪ It's no problem to you, right?

依次 弄　撲拉本　兔　優　軟特

track 79

Unit 10 認同

我同意你。

I agree with you.

愛 阿鬼 位斯 優

DIALOG 會話練習

A：你什麼時候會完成這個報告？
When will you finish the report?
昏 我 優 ㄈ尼續 勒 蕊破特

B：大約下午兩點鐘吧！
Around 2 pm, I'd say.
婀壯 凸 pm 愛屋 塞

A：你不覺得太晚了嗎？
Don't you think it's too late?
動特 優 施恩克 依次 兔 淚特

B：這個不那麼急，不是嗎？
This is not so urgent, isn't it?
利斯 意思 那 蒐 耳准 一任 一特

A：對，我同意。
Yes, I agree with you.
夜司 愛 阿鬼 位斯 優

完成的時候我會寄給你啦！

B：I'll send it to you when I finish it.

愛我善的 一特 兔 優 昏 愛ㄈ尼績 一特

PRACTICE 相關用語

我同意。

➪ I agree.

愛 阿鬼

答對了！

➪ Bingo.

冰 購

沒錯！

➪ That's it.

類茲 一特

你說是就是啊！

➪ If you say so.

一幅 優 塞 蒐

就是如此！

➪ You got it.

優 咖 一特

正確的。

➪ Correct.

可瑞特

track 79

我是站在你這邊的。

➪ I'm on your side.

愛門 忘 幼兒 塞得

你說的沒錯。

➪ You got that right.

優 咖 類 軟特

當然是這樣啊！

➪ Of course.

歐夫 寇斯

Easy English

Chapter 7 交通用語

track 80

Unit 1 目的地

我要怎麼去台北？
How can I go to Taipei?
好　肯　愛　購　免　台北

DIALOG 會話練習

A：請問一下！
Excuse me.
ㄟ克斯Q斯　密

B：請說！
Yes?
夜司

A：我要如何去台北？
How can I go to Taipei?
好　肯　愛購　免　台北

B：你可以搭乘 421 號公車。
You can take number 421 bus.
優　肯　坦克　拿波　佛凸萬　巴士

A：我應該要換公車嗎？
Do I have to change buses?
賭　愛　黑夫　免　勸居　巴士一斯

track 80

不，你不需要。
B：No, you don't.
弄 優 動特

PRACTICE 相關用語

我想要去台北。
➩ I'd like to go to Taipei.
愛屋 賴克 兔 購 兔 台北

我想去台北。
➩ I want to go to Taipei.
愛 忘特 兔 購 兔 台北

我要去台北。
➩ I'm going to Taipei.
愛門 勾引 兔 台北

我在哪裡能搭乘到台北的公車？
➩ Where can I catch the bus to Taipei?
灰耳 肯 愛 凱區 勒 巴士 兔 台北

我應該搭哪一路公車去台北？
➩ Which bus could I get on to Taipei?
會區 巴士 苦 愛 給特 忘 兔 台北

哪一個方向是到台北的？
➩ Which way is it to Taipei?
會區 位 意思 一特 兔 台北

track 80

你知道我該坐哪一線呢？

➪ Do you know which line that is on?

賭　優　弄　會區　來恩　類　意思　忘

這班公車有到台北嗎？

➪ Does this bus go to Taipei?

得斯　利斯　巴士　購　免　台北

track 81

Unit 2 交通工具

我可以搭乘公車過去嗎？

Can I get there by bus?

肯　愛　給特　淚兒　百　巴士

DIALOG 會話練習

A：你知道郵局在哪裡嗎？
Do you know where the post office is?
賭　優　弄　灰耳　勒　婆斯特　歐肥斯　意思

B：就在台北醫院旁邊。
It's next to the Taipei Hospital.
依次　耐司特　免　勒　台北　哈斯批透

track 81

我可以搭乘公車過去嗎？

A：Can I get there by bus?

肯 愛 給特 淚兒 百 巴士

你可以用走的到那裡。

B：You can get there on foot.

優 肯 給特 淚兒 忘 復特

請問是哪一個方向？

A：Which direction, please?

會區 得若訓 普利斯

那個方向。

B：That way.

類 位

PRACTICE 相關用語

這附近有地鐵站嗎？

➪ Is there a subway station nearby?

意思 淚兒 ㄜ 薩波位 司得訓 尼爾掰

這附近有捷運嗎？

➪ Is there a MRT nearby?

意思 淚兒 ㄜ MRT 尼爾掰

我能搭火車到那裡嗎？

➪ Can I take the train to get there?

肯 愛 坦克 勒 春安 兔 給特 淚兒

track 81

我在哪裡能換到 8 號公車？

➪ Where can I transfer to No.8?

灰耳　肯 愛 穿私佛　兔 拿波 ㄟ特

到台北的公車在哪裡發車？

➪ Where does the bus to Taipei depart from?

灰耳　得斯　勒　巴士 兔　台北　低怕的　防

你能告訴我在哪裡搭乘 8 號公車嗎？

➪ Could you tell me how to find bus 8?

苦揪兒　太耳 密　好　兔 煩的 巴士 ㄟ特

你可以坐大眾運輸系統到那裡。

➪ You can get there by transit.

優　肯 給特 淚兒 百　穿私特

你要搭便車去台北嗎？

➪ Do you want a lift to Taipei?

賭　優　忘特 ㄜ 力夫特 兔 台北

track 82

Unit 3 公車

離這裡有多少站？

How many stops is it

好　沒泥　司踏不斯　意思　一特

from here?

防　厂一爾

DIALOG 會話練習

這是去台北的公車嗎？

A：Is this the right bus to Taipei?

意思 利斯 勒 軟特 巴士 兔 台北

沒錯。

B：That's right.

類茲 軟特

離這裡有多少站？

A：How many stops are there from here?

好 沒泥 司踏不斯 阿 淚兒 防 厂一爾

第六站。

B：That's the sixth stop.

類茲 勒 撕師 司踏不

我瞭解。
A：I see.
愛 吸

PRACTICE 相關用語

這班公車有到台北車站嗎？
➩ Does this bus go to Taipei Station?
得斯 利斯 巴士 購 兔 台北 司得訓

這班公車有在台北車站停站嗎？
➩ Does the bus stop at Taipei Station?
得斯 勒 巴士 司踏不 ㄟ 台北 司得訓

這是去台北車站的公車嗎？
➩ Is this the right bus to Taipei Station?
意思 利斯 勒 軟特 巴士 兔 台北 司得訓

我要去趕公車了。
➩ I've got to catch the bus.
愛夫 咖 兔 凱區 勒 巴士

我的公車來了。
➩ Here comes my bus.
ㄏ一爾 康斯 買 巴士

下一站公車站是哪裏？
➩ Where is the next bus station?
灰耳 意思 勒 耐司特 巴士 司得訓

track 82

到台北要幾站？

➪ How many stops is it to Taipei?

好 沒泥 司踏不斯 意思 一特 兔 台北

我要在哪裡下車？

➪ Where can I get off?

灰耳 肯 愛給特 歐夫

從這裡我應該搭哪一部公車去台北？

➪ Which bus could I get on to Taipei?

會區 巴士 苦 愛 給特 忘 兔 台北

我要買一張到台北的車票。

➪ I'd like to buy a ticket to Taipei, please.

愛屋 賴克 兔 百 亡 踢雞特 兔 台北 普利斯

公車什麼時候開？

➪ When will the bus depart?

昏 我 勒 巴士 低怕的

坐公車要多久的時間？

➪ How long does this bus trip take?

好 龍 得斯 利斯 巴士 初一波 坦克

我應該在哪一站下車？

➪ Which stop can I get off the bus?

會區 司踏不 肯 愛給特 歐夫 勒 巴士

track 82

你可以在台北醫院下車。

➪ You can get off at Taipei Hospital.

優 肯 給特 歐夫 ㄟ 台北 哈斯批透

到的時候可以告訴我一聲嗎？

➪ Would you tell me when I get there?

屋揪兒 太耳 密 昏 愛 給特 淚兒

track 83

Unit 4 步行

用步行的要如何到那裡？

How to get there on foot?

好 免 給特 淚兒 忘 復特

DIALOG 會話練習

A：我可以用走的到那裡嗎？
Can I get there on foot?
肯 愛給特 淚兒 忘 復特

B：可以，你想要的話，可以用走的過去。
Yes, you could walk if you would like.
夜司 優 苦 臥克 一幅 優 屋 賴克

有多遠？

A：How far is it?

好　罰 意思 一特

從這裡只有五分鐘的步行路程。

B：It's just 5 minutes' walk from here.

依次 賈斯特 肥福 咪逆疵 臥克 防 ㄏ一爾

用步行的要如何到那裡？

A：How to get there on foot?

好 兔 給特 淚兒 忘 復特

往前直走就可以了。

B：Just go straight ahead.

賈斯特 購　斯蹤特　耳黑的

PRACTICE 相關用語

我可以用走的到那裡嗎？

➪ Can I get there on foot?

肯 愛給特 淚兒 忘 復特

步行到那裡只要十分鐘。

➪ It only takes 10 minutes to walk there.

一特 翁裡 坦克斯 天咪逆疵 兔 臥克 淚兒

我可以在十分鐘內步行到達那裡。

➪ I can get there on foot in 10 minutes.

愛肯 給特 淚兒 忘 復特 引 天 咪逆疵

track 83

走路要花十分鐘才能到那裡。

➩ It's 10 minutes' walk to go there on foot.

依次 天咪逆疵 臥克 兔 購 淚兒 忘 復特

從這裡步行到鎮上有一小時的路程。

➩ The town is an hour's walk from here.

勒 躺 意思 恩 傲爾斯 臥克 防 ㄏ一爾

從這裡走的話，要一段很長的路程。

➩ It's a long walk from here.

依次 ㄜ 龍 臥克 防 ㄏ一爾

track 84

Unit 5 方位

要如何去車站？

How to go to the station?

好 兔 購 兔 勒 司得訓

DIALOG 會話練習

A：請問一下！我不知道我現在人在哪裡。

Excuse me. I don't know where I am.

ㄟ克斯Q斯 密 愛 動特 弄 灰耳 愛 M

B：你想要去哪裡？
Where do you want to go?
灰耳　賭　優　忘特 兔　購

A：要如何去車站？
How to go to the station?
好　兔　購 兔 勒　司得訓

B：在前面的十字路口右轉。
Turn right at the intersection ahead.
疼　軟特 ㄟ　勒　引特色訓　耳黑的

A：順便問一下，從這裡過去要多遠？
By the way, how far is it from here?
百　勒　位　好　罰　意思 一特　防　ㄏ一爾

B：走路會需要五分鐘。
It'll take you 5 minutes' walk.
一我 坦克　優 肥福 咪逆疵　臥克

PRACTICE 相關用語

你能告訴我怎樣到那裡嗎？
➪ Could you tell me how to get there?
苦揪兒　太耳 密　好　兔 給特　淚兒

要在這裡右轉嗎？
➪ Should I take a right here?
秀得　愛 坦克 ㄜ 軟特　ㄏ一爾

要在這裡左轉嗎？

➪ Should I take a left here?

秀得　愛坦克 ㄊ 賴夫特 ㄏ一爾

穿過街道往那邊走。

➪ Go across the street and walk that way.

購　耳擴斯 勒　斯吹特 安　臥克　類　位

哪一個方向？

➪ Which direction?

會區　得若訓

到街的對面。

➪ Cross the street.

國司　勒　斯吹特

在前面的十字路口右轉。

➪ Turn right at the intersection ahead.

疼　軟特 ㄟ 勒　引特色訓　耳黑的

track 85

Unit 6 距離

會遠嗎？

Is it far?

意思 一特 罰

DIALOG 會話練習

你會看到在你的左手邊。
A：You'll see it on your left side.
優我 吸 一特 忘 幼兒 賴夫特 塞得

你的意思是在車站旁嗎？
B：You mean next to the station?
優 密 耐司特 兔 勒 司得訓

沒錯。
A：That's right.
類茲 軟特

這一邊嗎？
B：On this side?
忘 利斯 塞得

是的，沒錯！
A：Yes, it is.
夜司 一特 意思

B：會遠嗎？
Is it far?
意思 一特 罰

A：不會，完全不會。
No, not at all.
弄 那 ㄟ 歐

PRACTICE 相關用語

離這裡有多遠？
➪ How far is it from here?
好 罰 意思 一特 防 ㄏ一爾

離校區遠嗎？
➪ Is it far from the campus?
意思 一特 罰 防 勒 看破 惡斯

台北距離這裡近嗎？
➪ Is Taipei close to here?
意思 台北 克樓斯 兔 ㄏ一爾

我們離台北有多近？
➪ How close are we to Taipei?
好 克樓斯 阿 屋依 兔 台北

我們還有多遠會上高速公路？
➪ How far until we get on the highway?
好 罰 骯提爾 屋依 給特 忘 勒 嗨位

track 85

我們還要多遠才能下高速公路呢？

➩ How far until we get off the highway?

好　罰　骯提爾 屋依 給特 歐夫 勒 嗨位

大約有五公里。

➩ It's about 5 miles.

依次 せ保特 肥福 賣爾斯

距離銀行很近。

➩ It's close to the bank.

依次 克樓斯 兔 勒 班課

路途很遠。

➩ It's quite far away.

依次 快特　罰 ㄟ為

是一段長距離。

➩ It's a long distance.

依次 さ 龍　踢司疼司

track 86

Unit 7 車程時間

這一趟車程要多久？

How long is the ride?

好　龍　意思　勒　瑞的

DIALOG 會話練習

A：去台北的火車幾點開？
What time does the train for Taipei leave?
華特　太ㄇ　得斯　勒　春安　佛　台北　力夫

B：大約九點半。
It's about 9:30.
依次　せ保特　耐　捨替

A：這一趟車程要多久？
How long is the ride?
好　龍　意思　勒　瑞的

B：我想想⋯。大約卅分鐘。
Let's see.... It's about 30 minutes.
辣資　吸　依次　せ保特　捨替　咪逆疵

A：多謝啦！
Thanks a lot.
山克斯　さ　落的

track 86

不客氣！
B：No problem.
弄　撲拉本

PRACTICE 相關用語

到那裡要多久？
➪ How long is it to be there?
好　龍 意思 一特 免 逼 淚兒

坐公車要多久的時間？
➪ How long does this bus trip take?
好　龍　得斯 利斯 巴士 初一波 坦克

到那裡要多久的時間？
➪ How long does it take to get there?
好　龍　得斯 一特 坦克 免 給特 淚兒

車程要很長的時間嗎？
➪ Is it a long ride?
意思 一特 ㄜ 龍 瑞的

我什麼時候可以到達台北？
➪ When will I reach Taipei?
昏　我 愛 瑞區　台北

我什麼時才能到達台北？
➪ When can I get to Taipei?
昏　肯 愛 給特 免 台北

track 86

大約會要需要卅分鐘。

➩ It'll take about 30 minutes.

一我 坦克 せ保特 捨替 咪逆疵

通常需要卅分鐘才能到達那裡。

➩ It usually takes 30 minutes to get there.

一特 右左裡 坦克斯 捨替 咪逆疵 兔 給特 淚兒

track 87

Unit 8 發車時間

公車什麼時候開？

When will the bus depart?

昏 我 勒 巴士 低怕的

DIALOG 會話練習

A：我要去台北應該搭哪一班列車？
Which train can I take to Taipei?
會區 春安 肯 愛 坦克 兔 台北

B：你可以搭藍線火車。
You can take the blue line train.
優 肯 坦克 勒 不魯 來恩 春安

track 87

在哪一個月台？
A：Which platform is it on?
會區　鋪來特佛 意思 一特 忘

在第二月台。
B：It's on the second platform.
依次 忘 勒　誰肯　鋪來特佛

我瞭解了。火車什麼時候會開？
A：I see. When will the train depart?
愛吸　昏　我　勒　春安　低怕的

大約十點半。
B：It's about 10:30.
依次 世保特 天 捨替

PRACTICE 相關用語

火車還要多久才會發車？
➪ How long until the train departs?
好　龍　骯提爾 勒　春安　低怕斯

我們會準時出發嗎？
➪ Will we depart on time?
我　屋依　低怕的 忘　太ㄇ

公車每隔多久發一班車？
➪ How often do the buses run?
好　歐憤疼 賭 勒 巴士一斯 ㄖ忘

track 87

中午會發車。

➪ It'll depart at noon.

一我 低怕的ㄟ 怒

下午四點五十分發車。

➪ It'll depart at 4:50 pm.

一我 低怕的ㄟ佛 非扶梯 pm

track 88

Unit 9 計程車

要去哪裡？

Where to?

灰耳 兔

DIALOG 會話練習

A：需要搭計程車嗎？
Are you looking for a taxi?
阿 優 路克引 佛 ㄜ胎克司

B：是的，我需要。
Yes, I am.
夜司 愛 M

track 88

要去哪裡？

A：Where to?

灰耳　兔

請送我到台北博物館。

B：Please take me to the Taipei Museum.

普利斯　坦克　密　兔　勒　台北　謬日M

沒問題！

A：No problem.

弄　撲拉本

PRACTICE 相關用語

你要去哪裡？

➪ Where would you like to go?

灰耳　屋揪兒　賴克　兔　購

你要去台北的哪裡？

➪ Which part of Taipei are you going to?

會區　怕特　歐夫　台北　阿　優　勾引　兔

我可以送你過去。

➪ I can take you there.

愛　肯　坦克　優　淚兒

抱歉，我不是要去那個方向。

➪ Sorry, I'm not going that way.

蒐瑞　愛門　那　勾引　類　位

請到市政府。

➪ City Hall, please.

西踢 猴 普利斯

請載我去機場。

➪ Drive me to the airport, please.

轉夫 密 免 勒 愛爾破特 普利斯

請載我去機場。

➪ Please take me to the airport.

普利斯 坦克 密 免 勒 愛爾破特

我要到機場。

➪ I want to go to the airport.

愛忘特 免 購 免 勒 愛爾破特

請載我去機場。

➪ Take me to the airport, please.

坦克 密 免 勒 愛爾破特 普利斯

請載我到上面的這個地址。

➪ Please take me to the address on it.

普利斯 坦克 密 免 勒 阿捶司 忘 特

你能不能載我去那邊？

➪ Can you get me out there?

肯 優 給特 密 凹特 淚兒

請載我到最近的郵局好嗎？

➪ Could you take me to the nearest post office?

苦揪兒 坦克 密 免 勒 尼爾斯特 婆斯特歐肥斯

Listening
Comprehension
& Speaking

The General English Proficiency Test [Intermediate]

—— 完全掌握 ——

全民英檢中級**聽力和口說**能力的
命題方向和題型。

內文排版QR Code設計讓你翻到哪裡聽到哪裡，
亦為最佳英語聽力和口說能力的自學教材，
平時多聽，善加模仿，成效驚人。